Maria Housden

Depuis le départ d'Hannah, Maria Housden a complètement réorienté sa vie. Elle dirige et anime des groupes de soutien aux personnes ayant perdu un être cher, sillonne les États-Unis pour donner de nombreuses conférences et se consacre aux autres. Elle vit à New York avec ses trois enfants.

LE CADEAU D'HANNAH

MARIA HOUSDEN

LE CADEAU D'HANNAH

Traduction et présentation
de Marie de Hennezel

PRESSES DE LA RENAISSANCE

Titre original :
Hannah's gift
Lessons from a life fully lived

ISBN 2-266-13947-9

À Will, Hannah, Marguerite, et Madeleine,
ma gratitude et mon amour.

Va lentement maintenant, petite âme,
Suis le bord de l'eau, choisis soigneusement
Tout ce que tu vas perdre
Bien que ton choix n'ait aucune importance.

Jane Hirshfield

Préface

Les histoires les plus douloureuses réservent parfois d'étonnantes surprises. Seuls ceux qui les ont vécues peuvent nous le dire, nous parler de ce sens, souvent caché, impossible à discerner de l'extérieur, lorsqu'on n'est pas, comme on le dit, « passé par là ».

Comment affirmer, sans choquer, qu'une petite fille de quatre ans, emportée par une grave maladie, a finalement laissé derrière elle de vraies leçons de vie ?

Perdre un enfant est sans aucun doute une des douleurs les plus vives qui soient. Malgré le sentiment de révolte et d'injustice qui l'habite, une jeune femme, mère de deux enfants, nous fait découvrir que cela peut être aussi « le chemin vers une sagesse plus profonde, une manière de vivre plus joyeuse et moins inquiète ». C'est, en tout cas, ainsi qu'elle l'a vécu, et son expérience rejoint celles de nombreux parents.

Vous allez lire ici son témoignage, un récit intime, un récit qui va vous toucher par sa simplicité, sa vérité et sa tendresse.

Maria Housden est une femme comme tant d'autres : rien ne l'avait spécialement préparée à vivre pareil drame. Quand on apprend que son enfant est atteint d'un cancer probablement incurable, on a le sentiment que le monde s'effondre. Devant l'impensable, il n'y a pas d'autre choix, pourtant, que de vivre le déroulement des choses, jour après jour, avec tout l'amour que l'on porte en soi.

On entre ainsi le cœur un peu serré dans cette histoire, et très vite on découvre en cheminant au côté d'Hannah ce que l'on n'aurait sans doute jamais imaginé.

Ainsi, une petite fille, atteinte d'une maladie au pronostic très sombre, peut rester joyeuse et vivante, tout en sachant qu'elle va mourir. « Humaine et drôle, elle a vécu sa vie et sa mort à bras-le-corps, sans peur », raconte Maria Housden, qui nous fait découvrir qu'une vie, si courte soit-elle, peut être pleinement vécue.

Dès l'annonce de la maladie d'Hannah, Maria sait dans son for intérieur qu'elle va mourir. Hannah aussi le sait. Nous sommes touchés par la manière dont elle accompagne sa fille, sans jamais lui mentir, trouvant les mots justes et simples pour dire ce qui est. Nous sommes touchés par cette petite fille qui aborde d'elle-même la question de la mort des enfants, puis de sa propre mort. Par sa manière d'aider ses parents à accepter l'inacceptable. Nous découvrons alors combien les enfants ont un rapport naturel et spontané avec la vie, ses aléas, ses joies, ses peines, à partir du moment où les adultes ne les tiennent pas à l'écart de la réalité, dans un souci de les protéger qui finalement les isole et les angoisse.

Cette manière de regarder la réalité en face, tout en maintenant une forme d'espoir, en luttant pour la vie, nous provoque : on cherche tellement dans notre monde à occulter la mort ! Maria sait que nier la réalité n'empêchera pas sa fille de mourir. « La vérité est féroce et sans pitié. On ne peut pas la changer, mais on peut changer sa manière de vivre avec elle. »

La maladie d'Hannah va bouleverser l'existence de

toute la famille. Mais toujours l'emporte le souci de préserver la qualité de cette vie si fragile. Les parents d'Hannah veillent à ce qu'elle soit la plus « normale » possible, avec ses plaisirs et ses joies au quotidien. Malgré ses séjours à l'hôpital, ses opérations, ses traitements, Hannah ne nous donne pas l'impression d'être une enfant malade. Sa maladie fait partie de sa vie, c'est tout. Elle va à la maternelle, à la piscine, joue avec son frère, fait des excursions avec ses camarades d'école, reçoit ses copains pour son anniversaire. Ses éclats de rire traversent le livre. C'est une petite fille étonnamment vivante.

Pour autant, le chagrin, le désespoir et les moments de solitude ne sont pas absents du chemin. En suivant Maria dans son deuil, nous réalisons ce que représente le vide laissé par la mort d'un être aimé. Quand cette souffrance, propre à tous, est vécue dans l'humilité, acceptée comme une dimension inévitable de la condition humaine, elle ouvre alors le cœur. Que ce livre, comme l'a souhaité l'auteur, puisse « consoler ceux qui souffrent, nourrir ceux qui cherchent à approfondir leur foi, et inspirer ceux qui aspirent au courage de vivre leur propre vérité » !

Car, et c'est bien ce qui nous est enseigné ici, face à la mort des êtres que nous aimons, même les périodes les plus sombres ont « leurs éclats de joie sauvage ».

Vous serez profondément remué par l'amour, la joie de vivre et la paix qui traversent ce livre. Par la confiance dans la vie qui s'en dégage – celle d'Hannah qui « sait » où elle va, celle de Maria intimement convaincue que ce « Dieu qui tient toute chose dans ses mains » ne la laissera pas tomber.

Vous serez, sans doute, souvent au bord des larmes, mais cette émotion vous réchauffera le cœur. Vous serez heureux d'être en vie. Vous aurez envie d'aimer. En fermant ce livre, vous sentirez qu'Hannah vous a fait du bien, vous ne pourrez pas l'oublier.

Marie de HENNEZEL

Prologue

Les chaussures rouges

QUAND JE CONTEMPLE MA VIE, JE RÉALISE QU'ELLE PIVOTE SILENCIEUSEMENT AUTOUR D'UN MOMENT PRÉCIS : je suis debout dans un magasin de chaussures pour enfants et je me demande quelle paire je vais acheter. Des chaussures en cuir noir ou bleu iraient bien avec la garde-robe d'Hannah pour aller à l'école maternelle. Je prends une chaussure de chaque couleur et je demande à Hannah : « Laquelle préfères-tu ? »

Hannah a déjà décidé. Elle brandit une paire de chaussures à bride vernies rouges et déclare :

« Voilà *mes* chaussures ! »

Je souris patiemment.

« Hannah, je peux seulement acheter une paire de chaussures, aujourd'hui. Celles-là sont mignonnes, mais elles ne sont pas pratiques. Il faut choisir quelque chose qui va avec les robes qui sont dans ton placard. »

« Mais maman, les chaussures rouges vont avec tout. Et en plus elles me vont parfaitement », dit-elle en glissant son pied dans la paire exposée, trois fois trop grande pour elle.

La vendeuse a surpris notre conversation. Elle éclate de rire.

« Qu'est-ce qu'en pense maman ? demande-t-elle. Voulez-vous que j'aille voir si j'en ai une paire plus petite dans la réserve ? »

J'hésite. C'est important pour moi de ne pas gaspiller l'argent et d'habiller mes enfants comme il faut. Pourtant, au moment de dire « non », quelque chose sur le visage d'Hannah me retient. Elle a l'air tellement joyeuse à cette idée !

« Oui, pourquoi ne pas aller voir ? »

Hannah lâche un cri strident et fait des bonds. Quand la vendeuse revient, elle glisse ses pieds dans les chaussures. Cette fois-ci, elles lui *vont* parfaitement.

« Comme pour Cendrillon ! » chuchote Hannah. Elle se dirige d'abord vers le miroir, reste clouée sur place, contemple ses chaussures, puis se tourne vers moi. « Je ferais bien de les essayer », dit-elle en tapant la pointe de son soulier contre la moquette. Insatisfaite, elle s'avance vers l'entrée du magasin. La vendeuse et moi, nous la suivons. À peine sortie dans le hall du centre commercial, le bruit de ses chaussures sur le parquet l'arrête net dans sa course. Elle fait claquer ses talons l'un après l'autre et me regarde avec un large sourire : ai-je entendu ? Je souris et je lui fais un petit signe encourageant de la tête.

Hannah ferme les yeux et, les bras tendus, commence à danser. Plus rien ne compte que ses chaussures ! La voilà qui saute, et tourbillonne de plus en plus vite, claquant les talons sur le sol. Sa joie pure, l'éclat provocant des chaussures rouges captent l'attention.

Les gens qui passent sourient, d'abord à Hannah,

puis se sourient les uns les autres. Quelques-uns s'arrêtent pour regarder ; une poignée d'enfants et un vieux monsieur entrent dans la danse. Une femme, les bras chargés de paquets, se tourne vers sa voisine : « J'ai toujours eu envie d'une paire de chaussures rouges.

— Moi aussi, réplique l'autre. Qu'est-ce qu'on attend ? »

Hannah met fin à sa représentation, en s'affalant de manière spectaculaire sur le sol, au milieu des « bravos » et des applaudissements. Puis, elle se relève, défroisse le devant de sa robe, remet en place le nœud dans ses cheveux.

« Maman, elles sont faites pour moi, n'est-ce pas ? »

ON NE MESURE PAS UNE VIE À SA LONGUEUR, MAIS À LA PLÉNITUDE AVEC LAQUELLE ELLE A ÉTÉ VÉCUE.

Quand on a découvert que ma fille Hannah avait un cancer, un mois avant la date de ses trois ans, toutes mes croyances ont été remises en question. Face à cette vérité des plus féroce, inéluctable, j'ai commencé à chercher des réponses nouvelles. Hannah, elle-même, est devenue mon maître. Honnête et drôle, elle a vécu sa vie et sa mort à bras-le-corps, sans peur. Elle m'a ainsi ouvert le chemin vers une sagesse plus profonde, une manière de vivre plus joyeuse et moins inquiète.

Après la mort d'Hannah, en 1994, j'ai commencé à écrire pour raconter le voyage que nous avons fait ainsi, ensemble. J'ai essayé, non sans mal, de me souvenir de tout. J'avais tellement peur d'oublier le moindre détail. J'avais l'impression d'être submergée par cette tâche impossible. J'ai fini par y renoncer. J'ai décidé d'attendre, de me laisser le temps de faire mon deuil et de guérir mon chagrin. Peu à peu, je me suis rendu compte que l'histoire continuait. Elle ne s'était pas arrêtée avec la mort d'Hannah. Elle venait seulement de commencer. Maintenant, plusieurs années après, des souvenirs se détachent de mon passé avec un relief particulier, de brefs moments sans doute vécus à des semaines ou des mois d'intervalle, mais des moments qui vivent toujours en moi, parce qu'ils m'apprennent encore.

Ce livre rassemble ces souvenirs. Tel un album de photos, devenu le cadeau que m'a laissé Hannah. Je souhaite que son histoire puisse consoler ceux qui souffrent, nourrir ceux qui cherchent à approfondir leur foi, et inspirer ceux qui aspirent au courage de vivre leur propre vérité.

La vérité

La dire et la vivre

... et la vérité vous libérera.

Évangile de Jean 8, 32

Dr Jekyll et Mr Hyde : la vérité et le déni

NOUS AVONS COMMENCÉ TOUTES LES DEUX À SAIGNER LE MÊME JOUR.

Je ne m'en suis pas aperçue tout de suite. Je suis allongée dans mon lit, les yeux clos. J'émerge d'un profond sommeil. Un petit air frais entre par la fenêtre ouverte. Cela fait du bien après la chaleur de cette nuit d'août. Je m'étire, soupirant d'aise. Je sens Claude bouger à côté de moi. J'entends les petites foulées d'un jogger matinal, dans la rue. Une voiture passe, et j'ouvre les yeux. La chambre est plongée dans une pénombre tranquille.

Je me tourne sur le côté, et je sens quelque chose de chaud et de poisseux entre mes jambes. Cela me réveille instantanément. Je glisse alors mes cuisses l'une contre l'autre, elles collent. Jambes serrées, je ferme les yeux, j'espère que je rêve ! Tout est calme, tout sauf mon cœur qui bat la chamade dans ma poitrine. Une autre voiture passe dans la rue, puis une autre encore. J'ouvre à nouveau les yeux. Cette fois-ci plus lentement. Les premières lueurs du jour permettent de distinguer les contours des objets dans la pièce.

Je passe ma main sur mon ventre. Le sentir légèrement arrondi me rassure. Après tout, la veille, j'ai vu la toute petite forme du bébé sur l'échographe de mon médecin, et j'ai entendu le battement amplifié de son cœur remplir la pièce. Claude a souri et m'a serré la main. Mon corps s'est détendu, soulagé. J'ai déjà fait trois fausses couches, toutes à la huitième semaine. Cette échographie nous a confirmé la nouvelle que nous attendions : en mars naîtrait notre troisième enfant, après Will, cinq ans, et Hannah, presque trois ans. Hier soir, dans la chambre d'enfant, j'ai passé la main sur les barreaux du petit lit vide. L'odeur du talc pour bébé m'est revenu à la mémoire. J'ai bien dormi, bien mieux que toutes ces dernières semaines.

Maintenant, je suis couchée à côté de Claude, ma respiration s'est accélérée : je ne sais pas si je veux savoir ou ne pas savoir. Enfin, je me glisse hors du lit, en faisant attention à ne pas frotter mes cuisses contre le drap. Debout, je sens quelque chose de chaud couler le long de mes jambes. Du bout du doigt, je vérifie : c'est bien du sang ! La paume de la main contre mon sexe pour ne pas tacher le tapis, je me dirige sur la pointe des pieds vers la salle de bains. C'est alors que j'entends Hannah qui appelle de son lit, à l'étage en dessous.

« Maman, le pot ! »

J'attrape un bout de Kleenex, je m'essuie les cuisses et jette un coup d'œil dans la glace. Mon regard fait peur. Je m'asperge le visage d'eau froide, et descends dans la chambre d'Hannah. C'est à peine si je remarque la douceur avec laquelle elle fourre son museau dans ma nuque, tandis que je la porte jusqu'aux toilettes. Je me demande comment je vais supporter d'annoncer à Claude et aux autres cette nouvelle fausse couche ! J'ai terriblement honte ; la perte de ce bébé signifie que j'ai échoué une fois de plus.

Hannah a fini. Je la soulève, et ce que je vois me jette violemment hors de mon chagrin. Ses urines sont rose foncé. C'est du sang ! Les fausses couches, je connais, mais le sang dans les urines d'un enfant de deux ans, ça, je ne connais pas ! L'espace d'un instant, je reste sans pensée, et sans mouvement. Une sorte d'épaisseur m'enveloppe. Engourdie, je me sens pourtant étrangement efficace. Les choses suivent leur cours, mais je ne sens plus rien. J'entends Claude qui fait couler l'eau de la douche dans la salle de bains du haut. J'habille Hannah et je m'habille aussi. Je réveille Will, mets la table du petit déjeuner, et passe trois coup de fil, l'un à mon médecin, l'autre au pédiatre, et le troisième à mon amie Lili. Quand Claude descend, je lui raconte. Le sang d'Hannah, le mien. Je ne peux même pas pleurer. Claude se penche sur la table, comme s'il allait vomir. Pendant trente secondes, aucun de nous ne parle. Et puis, il se redresse, et me prend la main :

« Mon cœur, que veux-tu que je fasse ? » Ce qu'il me demande, en réalité, c'est si je veux qu'il prenne un jour de congé de plus. Cela fait des mois que son équipe et lui travaillent aux limites de leurs possibilités. Il y a trois semaines, le patron de Claude lui a demandé de surseoir à ses vacances. Claude a refusé, expliquant que sa famille passait avant son travail. Hier, il a choisi, de même, de m'accompagner chez l'obstétricien.

« Ça va aller ! dis-je en respirant un bon coup et en

ravalant ma peur. J'ai déjà demandé à Lili de venir garder les enfants pendant mon rendez-vous, et elle veut bien rester avec Will pour que j'emmène Hannah chez le pédiatre. On va se débrouiller. Je t'appelle dès que je sais quelque chose.

— Tu es sûre ?

— Absolument ! dis-je en l'embrassant légèrement sur la joue. Vraiment, ce n'est probablement pas grand-chose. Je suis sûre que ça va aller. »

En disant cela, une partie de moi observe en silence : une partie qui sait que ce n'est pas vrai ! C'est comme s'il y avait deux personnages en moi, jouant la même scène. Dans cette scène, Hannah et moi, nous saignons. Une partie de moi est tranquille, elle accepte ce qui est. L'autre, entravée par la peur, a besoin de croire, ne serait-ce qu'un instant, que tout va bien aller. Je fais la seule chose que je peux faire : j'admets ces deux vérités.

Le silence est un confort

UNE HEURE ET DEMIE PLUS TARD, MON OBSTÉTRICIENNE CONFIRME CE QUE JE SAIS DÉJÀ : le bébé que je porte est mort. Tout est silencieux. La pièce est dans l'obscurité. Elle fait glisser la sonde à ultrasons sur mon ventre ; hier cette toute petite forme avait un cœur qui battait. On a estimé le jour de sa naissance. Maintenant, ce n'est plus qu'une tache sur le bleu de l'écran. Le creux de mes oreilles est tout rempli de larmes. Le drap en papier sur lequel je suis étendue est trempé.

« Je suis désolée », dit la doctoresse.

C'est à peine si je réponds d'un signe de la tête en me rhabillant. Je quitte son cabinet. Dans la voiture, je laisse libre cours à mes sanglots. Je pleure tout au long du chemin. Pas seulement sur cette vie que je perds, mais par peur de ce qui m'attend.

Arrivée chez Lili, mes amis, Kim, Kate et Deb sont là. Notre « groupe de mamans » se réunit tous les vendredis, chez l'une ou l'autre, depuis plus d'un an. Elles me regardent tandis que j'entre. Mes yeux gonflés répondent à leur interrogation muette. Lili s'occupe du déjeuner, et j'appelle Claude. Je lui annonce qu'il n'y aura pas de bébé en mars prochain ; les mots nous manquent, à lui comme à moi. Je raccroche le téléphone et rejoins mes amies à table, comme anesthésiée, incapable de manger ou de parler.

Soudain, la porte de la cuisine s'ouvre, et le bruit des enfants qui jouent envahit la pièce. Je me retourne : Hannah est debout sur le pas de la porte. Elle porte une robe d'été, un bandeau rose dans les cheveux et ses nouvelles chaussures rouges. Elle me regarde d'un air tranquille. Puis elle traverse la pièce, grimpe sur mes genoux, et commence à me caresser les joues d'un geste doux.

La façon de voir les choses

DEUX HEURES PLUS TARD, DANS LE CABINET DU PÉDIATRE. Hannah vient de renverser sur le sol une corbeille pleine de marionnettes. Elle fouille dedans jusqu'à ce qu'elle trouve ce qu'elle cherche : un papillon qu'elle fourre sous son bras avant de grimper sur mes genoux, tandis que je regarde d'un air absent les diplômes et les photos sur le mur. Je me sens déjà soulagée. Le docteur Edman vient de l'examiner avec délicatesse. Son visage n'a pas paru soucieux. Il nous a demandé de l'attendre – rien d'anormal à cela – pendant qu'il donnait un coup de fil. Maintenant il revient et s'assoit sur le bord de son bureau.

« Vous est-il possible de joindre Claude à son bureau ? »

Mon cerveau lutte pour enregistrer ce qui vient d'être dit. Cette fois-ci c'est *anormal*. Qu'y a-t-il de si important pour qu'il faille que j'appelle Claude ?

« Hannah a une masse dans l'abdomen. J'ai appelé les urgences. Ils vous attendent. Il faut que Claude vous rejoigne là bas. »

Je compose le numéro, et quand Claude répond, je répète les mots du docteur Edman.

« Qu'est-ce que ça veut dire ?

— Je n'en ai pas la moindre idée. »

Hannah s'est endormie dans son siège à l'arrière de la voiture, pendant que je conduis. Quarante minutes plus tard, alors que je me gare sur le parking des urgences, et que j'arrête le moteur, je m'aperçois que je ne sais même plus si j'ai respecté les feux et les stops tout le long du chemin. Soit je suis passée au travers sans m'arrêter, soit je suis tellement sous le choc que je ne me souviens plus de rien. En libérant Hannah de son siège, une question émerge de mon cerceau embrumé. Est-ce qu'une masse peut être cancéreuse ? Je chasse cette idée immédiatement. Comment puis-je penser une chose pareille ? Les enfants de deux ans n'ont pas de cancer. Le docteur Edman a dit que c'était une masse. On va la retirer, c'est aussi simple que cela.

En passant les portes automatiques de la salle des urgences, je me sens presque tout de suite mieux. Une infirmière se précipite vers moi :

« Madame Martell ? »

Une question ? Une façon de m'accueillir ? Sans doute les deux.

J'acquiesce. Hannah soulève son visage endormi, blotti contre mon épaule.

« Tout va bien, ma chérie. Nous sommes à l'hôpital. Ils vont nous aider à trouver ce qui se passe avec ton ventre.

— J'ai faim. »

Hannah ferme les yeux et repose sa tête sur mon épaule.

L'infirmière nous conduit dans une petite salle d'examen. J'assois Hannah sur le bord de la table capitonnée, près de moi. L'infirmière lui prend sa tension et sa température, puis elle me demande de lui enlever sa robe.

« Non, maman, il fait trop froid. »

Je me tourne vers l'infirmière qui hausse les épaules.

« Je pense qu'elle peut la garder. »

En l'espace de quelques minutes, une procession de médecins, d'infirmières, d'internes et de techniciens défile devant nous. Ils posent des questions, prennent des notes, et s'en vont, fermant la porte derrière eux. Le soulagement que j'ai ressenti au début commence à disparaître. J'ai besoin de Claude. J'ouvre la porte qui donne sur le couloir et je surprends un groupe d'internes et d'infirmières, à notre porte, qui chuchotent fort, tels des conspirateurs. Au-delà, j'aperçois Claude qui vient vers moi, courant presque, tournant la tête de gauche à droite, cherchant les numéros des chambres sur les portes. Il a l'air paniqué, désorienté, tout aussi perdu que moi.

« Papa ! »

Claude entre dans la chambre et me serre un bref moment dans ses bras.

Un interne, l'air efficace, passe la tête dans l'embrasure de la porte.

« Dans dix minutes, il faudra descendre Hannah pour une radio. On viendra la chercher.

— Maman, je veux que tu viennes avec moi.

— Bien sûr, ma chérie. »

L'interne me jette un regard sévère.

« Vous pouvez descendre avec elle, mais vous ne pourrez pas entrer dans la salle de radio, sauf si vous êtes sûre de ne pas être enceinte. »

D'une voix étouffée, je m'entends répondre :

« Je ne le suis pas. C'est certain ! »

Voilà que ce qui me semblait une perte irrémédiable,

il y a seulement quelques heures, me permet maintenant de faire la seule chose qui compte : être avec Hannah. La réalité de ce bébé mort, à l'intérieur de moi, est toujours la même, mais ma façon de voir les choses a changé.

Dans l’ombre, la lumière

LE MÉDECIN VIENT D’ENTRER. Il allume l’écran lumineux et y applique le cliché de la radio. Je déporte le corps endormi d’Hannah sur mon autre hanche, et je me penche du côté de Claude pour regarder de plus près. Le médecin désigne de son stylo une grande tache sombre, juste en dessous du tracé blanc des côtes.

« C’est là. »

Nous commençons à y voir clair. Il y a trois semaines, pendant nos vacances dans le Michigan, nous avons emmené Hannah aux urgences. Elle se plaignait d’avoir mal quand elle s’allongeait : elle gémissait dans son sommeil et avait un peu de fièvre la nuit. Le docteur nous a dit qu’elle avait la grippe et nous a renvoyés avec un échantillon d’Efferalgan pour enfants. Deux jours plus tard, comme elle n’allait pas mieux, nous l’avons conduite dans un autre hôpital. Là, la pédiatre a prescrit une radio des poumons pour vérifier qu’elle n’avait pas de pneumonie, puis elle a essayé de palper son abdomen. Hannah hurlait, refusant de s’allonger, cela faisait trop mal, disait-elle. La doctoresse a renoncé à l'examiner, à l'évidence exaspérée.

« Elle n'a rien. Elle vous manipule, c'est tout. C'est classique chez les enfants de deux ans qui ne veulent pas aller au lit.

— Comment être sûr que ce n'est pas plus grave ? »

Je pose la question, angoissée. Will et Hannah, las d'attendre, viennent de quitter la salle d'examen. Ils se pourchassent maintenant en hurlant dans le couloir.

La doctoresse n'a pas l'air d'apprécier ce chahut.

« Regardez-la. Elle a bien trop d'énergie pour être vraiment malade. Une enfant malade serait apathique, léthargique. Elle aurait de la fièvre en permanence, pas seulement la nuit. Elle ne ferait pas tout ce cinéma pendant qu'on l'examine. Si vous voulez, prenez rendez-vous avec son pédiatre quand vous rentrerez. Mais pour moi, elle a l'air d'aller bien. »

Ces mots me mettent mal à l'aise. Tout dans mon corps me dit que quelque chose cloche, mais sans doute a-t-elle raison. Après tout, je ne suis peut-être qu'une mère qui n'est pas à la hauteur, dépassée par les caprices d'une enfant trop gâtée. Pendant que Claude rameute les petits, je ramasse en vitesse nos affaires. En traversant la salle d'attente avec nos deux enfants turbulents, nous passons devant d'autres enfants, de toute évidence malades, et je me sens coupable d'avoir fait perdre un temps précieux à la doctoresse.

Maintenant, tandis que je regarde la tache sombre sur la radio du thorax d'Hannah, j'éprouve un profond sentiment d'échec. La pédiatre du Michigan avait en partie raison : j'étais bien dépassée par les événements, mais ma fille n'était pas une enfant gâtée, elle était bel et bien très malade. Pourquoi ne me suis-je pas fait davantage confiance ? Les médecins ont une connaissance générale des symptômes dont souffrent les enfants. Moi, je connais Hannah. Nous avons chacun notre spécialité. J'aurais dû insister sur le fait que le diagnostic des médecins ne correspondait pas au comportement d'Hannah. Hannah ne joue pas la comédie. Quand elle veut quelque chose, elle le demande directement, voire elle l'exige. Et pourquoi gémissait-elle dans son sommeil, pourquoi ces poussées de fièvre la nuit ? Même s'il s'agissait de symptômes inhabituels, ils ne pouvaient se limiter à de la manipulation ! Par peur de me tromper ou de ce que ces étrangers allaient penser de moi, n'ai-je pas abandonné ma fille ?

Tandis que le médecin enlève la radio du tableau lumineux, je sais avec certitude qu'il va falloir que j'ose dire les choses, avant qu'il ne soit trop tard pour Hannah. Avant qu'il ne soit trop tard pour moi.

Juste une chose

Il est minuit passé. Pourtant, le service est encore éclairé et bruyant. Le néon du couloir pénètre dans la chambre, par la porte entrouverte. Bip-bip d'une machine, cliquetis d'une pompe. Dès que je reste suffisamment tranquille, j'entends presque couler la perfusion d'antalgique que l'on a piquée dans une minuscule veine, sur la main d'Hannah. Grâce à cela, Hannah dort paisiblement pour la première fois depuis des semaines.

Mes yeux sont brûlants de fatigue mais je n'arrive pas à les garder fermés. Je me demande si je ne suis pas prise dans un de ces rêves où l'on croit être éveillé alors qu'on ne l'est pas. Hannah s'est couchée en boule, à mon côté. Elle se met à bouger. Je me redresse, scrute son visage dans la pénombre. Sa peau est si pâle. D'un doigt, j'effleure sa joue, écartant de ses lèvres quelques mèches blondes. En remettant en place la couverture, je souris : elle a gardé aux pieds ses chaussures rouges. Depuis que nous les avons achetées, il y a deux jours, elle refuse de les enlever. Au moment où je me rallonge, Hannah soulève son bras et le laisse tomber paresseusement sur ma poitrine.

Je ne me souviens pas d'avoir jamais vécu une journée aussi interminable. Après sept heures d'examens et de questions, les médecins des urgences ont fini par transférer Hannah à l'étage de la pédiatrie. Les infirmières ont commencé par dire que je ne pourrais pas rester la nuit ; il n'y avait pas de lit pour moi. Comme nous avons insisté, Claude et moi, elles ont accepté de faire une exception et de me laisser partager le grand lit d'Hannah.

Avant le départ de Claude, je lui tends une liste des choses dont Hannah et moi aurons besoin dans les jours à venir : sa chemise de nuit à fleurs rose, un caleçon long et un sweat-shirt pour moi, des sous-vêtements, nos brosses à dents, le dentifrice, et la couverture rose d'Hannah. C'est curieux comme, au beau milieu d'une crise, nos besoins se limitent à des choses très simples.

Plus tard, je suis assise sur le bord du lit, et je compose un certain nombre de numéros de téléphone que je connais par cœur. D'abord nos parents, ceux de Claude, les miens. Je leur raconte brièvement ce qui arrive à Hannah, ma fausse couche, et je leur demande de prévenir le reste de la famille. Ma mère est d'accord pour venir le plus vite possible s'occuper de Will. Puis, j'appelle tous ceux auprès de qui j'ai pris des engagements pour l'année à venir : les commissions paroissiales, l'Association des parents d'élèves, l'école de Will. Je leur dis qu'Hannah est malade, il faudra que je lui consacre tout mon temps et mon énergie, je ne serai pas disponible pour autre chose. J'ai l'impression d'avoir perdu une tonne.

Je réalise que depuis des années je me valorise en

m'investissant dans des tas de choses qui me donnent le sentiment d'être importante, indispensable. Je dis « oui », pas seulement parce que je veux aider, mais parce que je veux qu'on me respecte, qu'on m'admire, qu'on m'aime. Je me suis dépensée pour maintenir une illusion de perfection dans tous les domaines de ma vie. À force de « faire ce qu'il faut » pour les autres, j'ai fini par perdre de vue ce qui comptait vraiment pour moi.

Maintenant, couchée dans la pénombre, mes priorités me semblent incroyablement claires. C'est ici que je veux être, ici que j'ai besoin d'être. J'en suis certaine, et pour la première fois depuis longtemps, je ne me soucie plus de ce que pensent les autres.

Respect

J'AI DU MAL À SORTIR D'UN SOMMEIL PROFOND ET SANS RÊVES. Le réveil sonne. En cherchant à arrêter la sonnerie, mon bras rencontre une barrière de métal froid. J'écarquille les yeux. Il ne s'agit pas de la sonnerie du réveil mais de la pompe à morphine.

Je m'assois lentement, avec l'impression d'avoir traversé un pli invisible de l'univers et d'atterrir dans une réalité modifiée. Hannah dort toujours. Je regarde autour de moi, me demandant quelle heure il est. À en croire la lumière grise qui filtre à travers les stores, il est encore très tôt. Mais le brouhaha dans le couloir me fait penser qu'il est sans doute plus tard que je ne le crois.

D'un air décidé, une infirmière entre dans la chambre, suivie d'une jeune femme en bleu, assez forte, chargée d'un plateau. L'infirmière s'occupe de la perfusion, et la jeune femme pose le plateau, soulève les couvercles en forme de soucoupes volantes qui cachent notre petit déjeuner : un porridge incolore, des œufs brouillés tièdes et des toasts froids.

« Les menus du premier jour sont les pires, s'excuse-t-elle. Comme vous n'étiez pas là hier, nous vous donnons ce qui reste. Le menu de demain est sous l'assiette. Entourez d'un cercle ce que vous voulez. Je reviens le prendre dans un moment. »

Puis, jetant un coup d'œil sur la forme endormie d'Hannah :

« Il y a un seul plateau par malade. Vous voudrez peut-être des suppléments. On fera de notre mieux. »

Tournant les talons, elle se faufile à travers une foule d'internes en blouses blanches amassés dans le couloir, à notre porte. Trois d'entre eux entrent alors. Ils ont chacun un stéthoscope autour du cou et un *clipboard* dans la main. En s'approchant du lit d'Hannah, deux d'entre eux se raclent la gorge en même temps, puis rient d'un air embarrassé. L'infirmière, qui en a terminé avec la perfusion, leur fait un signe de tête en s'en allant.

Je regarde les internes, méfiante. Je commence à comprendre une chose, à propos de l'hôpital : on voit rarement la même personne deux fois. Et puis, cela a quelque chose de déconcertant : ils savent tant de choses sur nous, et nous ne savons presque rien sur eux.

Hannah ouvre les yeux et s'assoit.

« Maman, c'est qui, tous ces gens ? » demande-t-elle en fronçant les sourcils.

L'un des internes dit alors, avec assurance :

« Il faut l'examiner. Cela ne prendra que quelques minutes.

— Mon nom est Hannah.

— Mais oui, bien sûr ! »

Il se rapproche et prend son stéthoscope. Les deux autres internes le suivent, puis ceux qui attendaient dans le couloir entrent à leur tour et forment un demi-cercle autour du lit.

« Stop ! » hurle Hannah, en les arrêtant de son bras comme le ferait un agent de la circulation. L'interne au stéthoscope se fige.

« Maman, s'il te plaît, demande-leur de s'en aller. Ils ne sont pas mes amis. Ils ne m'ont même pas dit leur nom ! »

Je marque un temps d'arrêt. Les internes me regardent. Je sais qu'ils comptent sur moi pour dire à Hannah d'être une gentille petite fille et de les laisser faire ce qu'ils ont à faire. Je me souviens du diagnostic de la doctoresse du Michigan : une enfant de deux ans manipulatrice, trop gâtée ! Je me dis que ces médecins vont penser la même chose. Mais cette fois-ci, tant pis ! La seule personne au monde qui mérite le respect, c'est bien Hannah. Je regarde l'homme au stéthoscope :

« Elle a raison. »

L'interne fronce les sourcils et tapote d'un air absent son *clipboard*. Les autres tournent leurs regards vers lui.

« Il faut que je t'examine, Hannah. Me laisseras-tu le faire si je te dis mon nom ? »

Hannah plisse les yeux, puis elle le regarde, et me regarde.

« D'accord ! Mais les autres s'en vont ! »

Il fait signe que oui. Les autres font demi tour et sortent de la chambre les uns après les autres. Quand le dernier est parti, l'interne soulève son stéthoscope et se penche sur Hannah. Elle l'arrête.

« Quel est ton nom ?

— Docteur Fiorelli, répond-il avec un sourire.

— Non, ton *vrai* nom ? reprend Hannah, exaspérée.

— Tony », dit-il alors hilare.

Hannah se cale dans ses oreillers :

« Docteur Tony, ça c'est un joli nom ! »

Le docteur Tony a certainement fait passer le message. À partir de ce jour-là, il n'y a jamais eu plus de trois ou quatre internes à la fois dans la chambre, et chacun s'est toujours présenté à Hannah avec son « vrai » nom.

La règle du docteur Markoff

LE DOCTEUR MARKOFF ÉCLAIRCIT SA VOIX ET AJUSTE SES LUNETTES. C'est un des confrères du docteur Edman, un des pédiatres d'Hannah. Assis au bord de son fauteuil, en face de Claude et moi, épaules tombantes, visage lugubre et tendu, cheveux ébouriffés, il porte un pantalon qui n'a pas été repassé depuis deux jours et une chemise à laquelle il manque un bouton. Le docteur n'a pas l'air de s'en apercevoir, et d'ailleurs ça lui est bien égal.

« Je vous parle en père, pas en pédiatre. »

Ainsi commence-t-il, penché en avant, les coudes posés sur ses genoux. Il éclaircit sa voix à nouveau. Je l'observe plus attentivement. On dirait qu'il est sur le point de pleurer.

Claude et moi nous nous regardons.

« Ma fille Danielle est atteinte d'une leucémie depuis un an. Elle a deux ans. Ma femme est près d'elle, en ce moment, à la Clinique Mayo dans le Minnesota. On lui fait une greffe de la moelle épinière. On essaie de la sauver. »

Nous étions deux parents venus voir un médecin, et voilà qu'en l'espace d'une seconde nous comprenons que nous appartenons tous les trois à un club dans lequel personne ne voudrait entrer.

« Il va falloir que vous preniez toutes sortes de décisions, à partir de maintenant. Des décisions que vous serez seuls à pouvoir prendre. Certaines feront qu'Hannah vivra ou mourra. Le meilleur conseil que je puis vous donner est celui-ci. »

Il nous regarde droit dans les yeux.

« Prenez la meilleure décision possible en fonction de l'information que vous avez *à ce moment-là.* »

Il s'est reculé, et passe ses doigts dans ses cheveux.

« "À ce moment-là", c'est ce qui compte. Vous allez comprendre ce que je veux dire. Vous pouvez devenir fous si vous vous dites : "Si seulement nous avions su ceci ou cela !" Mais justement, vous ne saviez pas ! Alors répétez-vous seulement cela : "Nous avons fait pour le mieux, avec ce que nous savions ! Nous avons fait pour le mieux, avec ce que nous savions !" »

Je sens quelque chose de très vrai dans ce qu'il dit. Je laisse ses mots entrer peu à peu dans mon cœur, et quelque chose s'apaise et lâche prise. Je réalise que la règle du docteur Markoff ne s'applique pas seulement aux décisions qu'il nous faudra prendre pour le traitement d'Hannah, mais à tous les domaines de ma vie. Ma peur de me tromper ne me paralysera plus. À partir de maintenant, il suffira que je fasse pour le mieux, avec ce que je sais.

La vérité : une médecine spéciale

DANS UN FAUTEUIL, AU CHEVET D'HANNAH. WILL EST PELOTONNÉ SUR MES GENOUX. Sa brosse blonde me chatouille le menton. Il a un corps long et solide depuis qu'il est né, mais ce que les gens remarquent d'abord et dont ils se souviennent, ce sont ses yeux verts si doux.

Calée contre une pile d'oreillers, Hannah nous observe depuis son lit. Un tuyau en plastique relie son bras à la potence. Elle a étalé sa couverture rose sur ses jambes, et porte une couronne avec des faux diamants et sa chemise de nuit à fleurs.

J'éclaircis ma voix. Les mots que je vais dire pèsent lourd sur mon cœur.

« Hannah, les docteurs ont trouvé pourquoi tu es si malade. Il y a une boule dans ton ventre qu'on appelle une tumeur. Une tumeur arrive quelquefois, quand on a dans le corps quelques cellules qui ne se développent pas comme il faut et ne font plus leur travail. Les docteurs vont l'enlever, et puis ils te donneront des médicaments pour être sûrs que les vilaines cellules ne reviennent pas.

— Est-ce que ça va faire mal ? »

Hannah pose la question, le front plissé, une moue inquiète sur les lèvres. Je ne réponds pas tout de suite. Dans le passé, je me suis souvent tirée de situations difficiles, en les banalisant. J'essayais de trouver ce qu'il y avait de positif, espérant qu'en évitant suffisamment longtemps la vérité elle finirait par s'évanouir. Cette fois-ci, je veux qu'Hannah et Will puissent me faire confiance. Je ne vais pas commencer par leur mentir.

« Oui, Hannah, ça va probablement faire mal, mais les docteurs et les infirmières vont faire tout ce qu'ils peuvent pour que tu aies le moins mal possible. Ils ont des drogues spéciales qui te feront dormir pendant qu'on enlèvera la boule, et d'autres drogues qui aideront ton corps à se reposer en attendant que tu ailles mieux.

— Je ne veux pas dormir. Je ne suis pas fatiguée ! »

Will intervient d'une voix douce.

« C'est pas maintenant que tu dois dormir, seulement quand ils enlèveront la boule. N'est-ce pas, maman ? »

Je souris et fais oui de la tête.

« Ok, ça va ! »

Hannah soupire, l'air soulagé.

Will me regarde, les yeux pleins de larmes :

« Maman, est-ce qu'une tumeur, c'est la même chose qu'un cancer ?

— On ne sait pas encore, Will. »

Je commence à pleurer.

« Les docteurs ne peuvent pas savoir avant de l'enlever et de regarder les cellules dans un microscope. »

Hannah nous observe en silence.

« Même si c'est mauvais, tu nous le diras, hein ! Maman ? » demande Will.

Hannah s'est redressée et me regarde droit dans les yeux, sans un battement de cils. Je reprends mon souffle. J'aurais aimé que Claude soit là avec moi, mais il m'a dit qu'il ne se sentait pas capable de parler à Hannah. J'ai apprécié son honnêteté. S'il y avait un moment où nous devions respecter nos différences, c'était bien celui-là. Nous étions comme deux rescapés, accrochés au même radeau, au beau milieu d'un océan sombre.

Will et Hannah attendent ma réponse.

« Oui, Will. Même si ce sont de mauvaises nouvelles, je vous dirai la vérité. »

Hannah a souri et s'est rallongée sur ses oreillers.

Will m'entoure le cou de ses bras.

« Merci, maman ! »

« Maman, je t'aime. »

C'est tout ce qu'Hannah a dit, et la seule chose que j'ai pu répondre c'est :

« Je vous aime tous les deux. »

Aimer dans le noir

NOTRE MONDE S'EST RÉTRÉCI. Il se limite à un étage hospitalier, mais cela m'est égal. J'ai l'esprit occupé à remplacer des choses qui ne sont plus importantes, comme le prix d'un paquet de couches, par d'autres qui le deviennent, comme de donner la bonne dose de médicaments. Je n'ai guère de temps pour autre chose.

Hannah est agitée. Nous avons décidé d'aller faire un petit tour dans notre nouvel environnement. Tandis qu'elle balance ses jambes hors du lit, je me précipite pour démêler le tuyau de la perfusion enroulé autour de sa chaussure, avant que son pied ne touche le sol.

« Une minute, ma chérie ! »

La sonnerie se déclenche. J'appuie sur le bouton « silence », et j'enroule le tuyau autour de la potence.

« Dépêche-toi, maman, j'entends pleurer bébé Shondra. Je crois qu'elle veut sa maman. »

Hannah sautille d'un pied sur l'autre. J'éloigne la potence du mur et je vérifie que le tuyau n'est pas coincé quelque part.

« On est prêtes. »

Hannah me prend la main et, telle une princesse, soulève le bord de sa chemise de nuit pour éviter qu'elle ne traîne sur le sol. Nous marchons lentement, car il faut manœuvrer pour faire passer cet attirail dans le couloir, et suivre notre chemin habituel. Nous tournons à droite en sortant de notre chambre, passons devant la réserve et la salle de réunion, nous nous arrêtons devant les portes ouvertes de la réanimation pédiatrique. Elle est vide, mais pas pour longtemps.

« Tu vois, Hannah, c'est là que tu te réveilleras après ton opération demain. »

Hannah fait quelques pas à l'intérieur de la pièce. Je la suis. Tout le long du mur, on voit les respirateurs, les moniteurs, les tubes et des étagères pleines de réserves de produits médicaux. Il y a la même odeur qu'aux urgences. J'ai du mal à imaginer Hannah là-dedans. Je m'y efforce pourtant.

« Tu seras couchée dans un de ces lits, et moi je dormirai près de toi, dans le gros fauteuil bleu. Tu auras des tuyaux dans le corps pour t'aider à respirer et à dormir. Il y aura beaucoup de sonneries et de bruit. Une infirmière restera avec nous tout le temps pour que tout aille bien.

— Je veux que ce soit Katie ou Amy, et je veux garder mes chaussures rouges pendant l'opération. Tu le diras aux docteurs.

— Je leur dirai, Hannah, mais je ne suis pas sûre qu'ils seront d'accord.

— C'est pas juste ! »

Hannah tape du pied sur le linoléum.

« L'opération interdit trop de trucs. Je peux pas manger. Je peux pas garder ma chemise de nuit. Je peux pas porter mes chaussures rouges. C'est pas juste !

— Je comprends, Hannah. Il y a beaucoup d'interdits. Je vais leur dire ce que tu penses, et on verra ce qu'ils peuvent faire. »

Nous continuons notre tour. Après la salle de jeu, nous tournons le coin du couloir et nous nous arrêtons quelques instants pour choisir un livre dans les rayons de la bibliothèque, puis nous tournons encore. Nous sommes maintenant dans la rue la plus animée de notre quartier ! Toute une série de chambres avec des enfants malades et leurs familles. Quelques parents nous regardent passer. Échange de regards dans lesquels on peut lire de la tristesse, de l'hébétude ou de la sympathie. Chaque chambre a son histoire. Mais je n'ai jamais essayé de savoir qui était là et pourquoi. Mon histoire me suffit. Hannah précipite son pas. Je me bats pour la suivre, avec la potence à perfusion qui roule avec fracas à côté de moi. Les infirmières s'exclament à l'unisson, dès qu'elles aperçoivent Hannah. Derrière son bureau, l'infirmière Patty lui lance :

« Bébé Shondra t'a réclamée. »

Un tout petit bébé est couché dans un berceau, en face de la salle de soins. Ses pleurs se perdent dans l'agitation ambiante. Elle a deux mois, des yeux bleu translucides, des boucles d'un brun foncé, et une bouche charnue comme un bouton de rose. Elle a de graves lésions cérébrales, et ne pourra jamais ni voir ni entendre.

Ses parents ont expliqué aux infirmières qu'ils ne pouvaient pas s'occuper d'un bébé comme ça.

L'hôpital a fait le nécessaire pour trouver un lieu d'accueil, mais en attendant elle dort dans le couloir de l'hôpital. Des infirmières surchargées de travail la nourrissent, la changent, la bercent ou la prennent dans leurs bras, chaque fois qu'elles le peuvent. La plupart du temps, sauf quand elle dort, Shondra pleure.

« Tout va bien, bébé Shondra, murmure Hannah, penchée sur le berceau, tout près du visage braillard et grimaçant du bébé. Ta maman va bientôt revenir. Et devine quoi ? je t'ai apporté de la lecture. »

Les pleurs se transforment en petits gémissements. Hannah lui caresse les joues et enfile son doigt dans la main serrée de la petite fille. Elle cesse alors de pleurer. Les infirmières font semblant de regarder ailleurs, tandis que je soulève Shondra de son berceau. Elles ne sont pas censées m'autoriser à le faire, mais elle sont contentes que je les aide. Tandis que je serre doucement le bébé contre moi, je ne peux m'empêcher de me demander si ses parents se sentent aussi déçus par la vie que je le suis. On pense souvent que les malheurs n'arrivent qu'aux méchants. Qu'ai-je fait, qu'ont fait ces petites filles pour mériter cela ?

Hannah s'est déjà installée sur le sol, le dos au mur. Elle attend. Je m'assois avec précaution à côté d'elle, et je pose le bébé sur nos genoux. Hannah prend le livre de la bibliothèque et l'ouvre à la première page.

« Il y avait une fois une princesse. »

Ainsi commence-t-elle à raconter son histoire préférée, faisant semblant de lire.

Puis, elle retourne le livre et le tient ouvert à quelques centimètres du visage de Shondra.

« Regarde, bébé Shondra, regarde. C'est une belle princesse, comme toi et moi. »

Elle se tourne vers moi, avec un beau sourire. Je lui embrasse le sommet de la tête. Et je chuchote :

« Je t'aime, ma chérie.

— Je sais, maman, je sais ! »

Assise sur le sol, écoutant les histoires qu'Hannah

répète aux oreilles sourdes de la petite Shondra, je réalise que, moi aussi, je me suis raconté des histoires. La vérité n'a rien à faire de nos espoirs ou de nos attentes de ce qui devrait se passer. Les choses sont ce qu'elles sont. Quand j'étais aux urgences, j'ai imaginé que ma fausse couche avait permis que j'accompagne Hannah pour sa radio. C'est l'histoire que l'on tisse autour de la vérité, nos désirs qui rendent la réalité plus belle ou plus laide, meilleure ou pire, juste ou injuste.

En regardant dormir la petite Shondra, sur les genoux d'Hannah, je comprends autre chose. Quand Hannah sent que chaque petite fille est précieuse et digne d'être aimée, il ne s'agit pas seulement d'un conte de fées qu'elle invente. C'est une vérité très profonde qui s'exprime. L'amour est plus fort que les tumeurs ou la non-voyance. C'est un sentiment auquel Hannah fait confiance et qu'elle connaît.

Place à la vérité

On s'agite dans la salle préopératoire. Des gens, très efficaces semble-t-il, en tenue de circonstance, vont et viennent autour de nous, l'air affairé. La grosse porte en métal de la salle d'opération s'ouvre et se referme. L'anesthésiste est là.

Je tiens le corps flasque d'Hannah sur mes genoux. Elle a les yeux ouverts, mais ils roulent paresseusement dans leurs orbites. Elle est enveloppée dans sa couverture rose, et n'a plus rien sur elle, exception faite de ses chaussures rouges. Il y a une heure, elle a refusé d'enfiler une casaque.

« Ce n'est pas joli, et ça ne va pas avec mes chaussures ! »

« Comment va-t-elle ? » L'anesthésiste entoure le poignet d'Hannah de ses doigts et lui prend le pouls.

« Mes chaussures, dit Hannah d'une voix faible.

— Que dit-elle ? »

Claude explique alors :

« Hannah a peur qu'on ne lui enlève ses chaussures. Elle a conclu un accord avec le chirurgien pour pouvoir les garder pendant l'opération.

— Oui, on m'a parlé de cela. Tu dois être une patiente très spéciale, Hannah, car le docteur Saad nous a donné des instructions précises pour que nous te laissions tes chaussures. Je n'oublierai pas. »

Hannah fait signe qu'elle a entendu et ferme les yeux. Le médecin a injecté une autre seringue de sédatif dans la perfusion, et la tête d'Hannah tombe avec un bruit sourd sur ma poitrine. Je retiens ma respiration aussi longtemps que je peux. Hannah ne bouge plus.

Les portes de la salle d'opération s'ouvrent à nouveau et deux infirmières entrent, poussant un long chariot recouvert d'un drap blanc. L'une d'elles se penche, entoure le corps d'Hannah de ses bras et la soulève. Puis elle l'allonge sur le drap blanc et recouvre le bas de son corps d'une couverture.

Je l'observe, guettant le moindre signe qui montrerait qu'elle est consciente d'être séparée de moi. Elle ne bronche pas. Toute petite, perdue au milieu de ce grand espace blanc. J'écarte avec peine la pensée qu'elle est peut-être déjà morte. C'est la première fois depuis cinq jours qu'elle n'est plus à portée de ma main. Un sanglot secoue ma poitrine. Claude me tient contre lui, tandis que nous regardons les infirmières pousser le chariot vers la salle d'opération. Les portes s'écartent et se referment. Claude et moi, nous ne bougeons pas. Nous avons du mal à croire ce qui arrive. Une minute plus tard, les portes s'ouvrent à nouveau et l'une des infirmières me tend les chaussures d'Hannah, enveloppées dans un sac en plastique transparent.

« Elle était complètement endormie avant que nous ne les enlevions. Vérifiez bien que l'infirmière de la salle de réveil les emporte, pour qu'on les lui remette avant son réveil. »

Puis, avec un sourire de sympathie, avant de s'en aller :

« Elle est dans de bonnes mains. Cela va bien se passer. »

On nous emmène, Claude et moi, dans une alcôve fermée par un rideau, dans la salle d'attente des familles. Un tout petit espace avec seulement de la place pour deux chaises et la vérité.

La première heure, nous sanglotons sans retenue dans les bras l'un de l'autre. Et puis, une fois les larmes taries, nous parlons. Cela fait des années que j'aime Claude profondément mais imparfaitement. Dès le moment de notre rencontre, j'ai été attiré par lui comme peut l'être un papillon de nuit par la flamme d'une bougie. Comparé aux garçons ou aux hommes que je connaissais, il me paraissait sage et mature. Il était sérieux, travailleur et c'était un bel homme. Parfois il avait l'air profondément blessé et pouvait se mettre en colère. Moi aussi. Quelque chose dans nos espoirs et nos blessures mutuelles nous avait rapproché. Nous nous sommes mariés quand j'étais encore étudiante. Il avait vingt-cinq ans et moi vingt.

Maintenant que nous sommes accrochés l'un à l'autre, dans l'attente des nouvelles du chirurgien, Claude et moi nous savons au moins une chose : nos enfants ont toujours compté plus que tout. Ils sont notre raison d'être ensemble, et nous en voulons encore d'autres. C'est une vérité si profonde qu'elle balaie tous les doutes ou toutes les peurs que nous aurions pu avoir.

« Faisons un autre enfant, dès que tu pourras être enceinte. »

Le visage enfoui dans son épaule, j'acquiesce.

Une graine de moutarde

LAURE-JEANNE, LA NOUVELLE PASTEURE DE NOTRE PETITE ÉGLISE MÉTHODISTE, EST DEBOUT, DE L'AUTRE CÔTÉ DU LIT D'HANNAH. Elle ne ressemble à aucun autre chef religieux que j'ai connu. Elle a trente et un an, le même âge que moi. Petite, trapue, la tête garnie d'épaisses boucles rousses rebelles, elle porte une robe longue en velours vert, et au cou une chaîne avec une croix en or. Elle serre un mouchoir dans sa main, car ses yeux ne cessent de se remplir de larmes.

Il y a deux jours, les chirurgiens ont retiré du ventre d'Hannah une tumeur grosse comme un petit ballon de foot. La voilà couchée, attachée à un respirateur, et sous sédation profonde. Des tubes en plastique et le bout de ses chaussures rouges dépassent des bords de sa couverture rose. Sur les moniteurs suspendus au-dessus de son lit, on voit les zigzags verts des appareils de contrôle. On entend seulement de temps en temps un bip-bip ou bien le souffle régulier du respirateur.

Laure-Jeanne incline la tête et se met à prier. Je ferme les yeux et essaie de calmer mon esprit. Celui ci se comporte de manière bien étrange : il peut, à certains moments, être un modèle d'efficacité, déchiffrer si rapidement les bruits de souffle, les cliquetis, les sonneries des diverses machines, qu'ils ne me font plus peur du tout. Et puis, à d'autres moments, je ne me souviens même plus quand j'ai mangé pour la dernière fois !

J'ai un besoin urgent qu'on s'occupe de moi. Depuis l'opération, je n'ai jamais dormi plus de quelques heures à la fois, et hier mon corps a évacué le fœtus mort que je portais. Je sais que je ne peux pas compter davantage sur Claude. Après cinq jours où il n'a cessé de jongler avec son travail, les courses, les appels téléphoniques, les visites à l'hôpital, les navettes avec Will qu'il fallait emmener à l'hôpital, chez ses copains, puis de nouveau à la maison, Claude est tout aussi épuisé que moi.

Maintenant, enfin, ma mère nous a rejoints. Elle va s'installer avec Will dans un superbe complexe en face de l'hôpital, avec des jeux pour enfants, et de quoi l'occuper. Claude a l'intention de revenir dormir le soir à la maison. C'est aussi bien ; lui et ma mère ne se sont jamais très bien entendus, et en ce moment je ne me sens pas le courage de jouer les arbitres.

Un des appareils de contrôle commence à sonner. Je me rends compte que mon esprit n'a fait que vagabonder. La sonnerie s'arrête. J'essaie à nouveau de me concentrer sur les mots de Laure-Jeanne, mais c'est trop tard.

« Amen ! »

J'ouvre les yeux. Des larmes coulent le long de ses joues et tombent goutte à goutte de son menton. Elle me regarde comme si elle allait dire quelque chose, mais je ne la connais pas encore assez bien pour deviner quoi. Depuis longtemps, les gens me disent : « Dieu nous donne seulement ce que nous pouvons assumer. » J'espère qu'elle ne va pas me dire la même chose. Je sais qu'on me dit cela dans l'intention de me réconforter. Mais j'ai du mal à accepter l'idée que ce qui nous arrive fait partie d'un quelconque plan divin, si bienveillant soit-il. Je suspecte aussi les gens qui disent cela de se rassurer secrètement : puisque, eux, ne pourraient supporter ce qui nous arrive, leur Dieu les épargnera.

« Je n'ai pas le choix ! » C'est ce que j'aimerais crier de toutes mes forces. Je ne peux pas tourner le dos à la douleur ni à la peur. Si je le faisais, je tournerais le dos à Hannah. Même si c'est très dur, cela, je ne pourrais pas le faire.

Laure-Jeanne éclaircit sa voix, et prend un autre mouchoir.

« Je suis désolée, dit-elle d'une voix douce, s'arrêtant pour se moucher, mais je ne peux pas vous mentir. J'aimerais tant pouvoir vous dire qu'il y a un sens à ce qui vous arrive, mais c'est quelque chose, je dois l'avouer, que je ne parviens pas à comprendre. Je suis devenue pasteure parce que j'aime Dieu, parce que je crois en lui. Et parce que je voulais aider les autres. Mais maintenant, quand je vois ce par quoi vous passez, je ne suis pas sûre d'être à la hauteur. Tout cela ne correspond pas à ce que je croyais savoir de Lui. C'est dur de croire que le Dieu que j'aime peut laisser un enfant souffrir comme ça. »

Je ne sais plus si je dois l'embrasser ou tomber à genoux. Son humilité et sa façon de reconnaître à voix haute l'injustice et l'horreur que je ressens me procurent un immense soulagement. Je réalise alors que ce dont j'ai le plus besoin, ce n'est pas de quelqu'un qui me fasse du bien. J'ai besoin de gens comme Laure-Jeanne, capables d'être à mes côtés, face à la vérité toute crue.

Un silence plus profond

CLAUDE ET MOI SOMMES ASSIS SUR DES CHAISES EN PLASTIQUE DÉFRAÎCHIES, DANS UNE RÉSERVE DÉSAFFECTÉE QUI SERT DE SALLE DE RÉUNION. Le docteur Kamalaker et son confrère le docteur Bekele fouillent dans les dossiers et les papiers qui jonchent la table devant laquelle ils sont assis. Ce sont des pédiatres oncologues. Ils travaillent dans la clinique pour enfants rattachée à l'hôpital, et sont maintenant officiellement en charge du dossier d'Hannah. À leurs côtés, sont assises une infirmière, ainsi que Jill, l'assistante sociale de la clinique, qui essaie désespérément mais sans succès de paraître détendue. Claude et moi nous nous tenons par la main, et sommes assis si près l'un de l'autre que les pieds de nos chaises se chevauchent.

Le docteur Kamalaker saisit une longue feuille imprimée de la pile devant lui.

« Voilà les résultats du laboratoire qui nous arrivent de Californie », dit-il d'une voix douce, levant la tête pour regarder Claude d'abord, puis moi. Je me sens très, très calme. Je sais que la vérité va tomber d'une manière que je n'ai jamais connue avant.

Claude me serre la main plus fort et se penche tellement vers moi qu'il est presque assis sur le bord de ma chaise. L'infirmière détourne le regard, et Jill croise ses jambes.

Il se passe quelque chose. Je sens mon corps peser si lourd que mon coccyx s'enfonce dans le siège. Je sens l'air entrer et sortir de mes poumons et mon cœur qui bat la chamade dans ma poitrine, mais ma conscience s'est étendue au-delà de mon corps ou de mes pensées. Et, bien que mes yeux ne quittent pas ceux du docteur, j'ai l'impression de voir à la fois la pièce dans son ensemble, Hannah dans sa chambre au bout du couloir, puis le bloc hospitalier tout entier. Puis, je vois tous ceux que j'aime et tout le reste, comme si l'univers tout entier était contenu en un seul lieu.

« Les nouvelles ne sont pas aussi bonnes que nous l'espérions. La tumeur est cancéreuse. C'est une tumeur du rein, maligne, agressive et rare, mais il reste tout de même environ vingt pour cent de chance de rémission. Nous sommes en contact avec un hôpital de l'État de Washington qui traite une petite fille diagnostiquée il y a quinze mois. C'est une bonne nouvelle, car la plupart des patients meurent dans l'année qui suit. »

Il s'est arrêté de parler. La pièce est tranquille. On entend le raclement d'une chaise sur le sol, une gorge qui s'éclaircit. Quatre paires d'yeux sont fixés sur nous. Comme le silence s'épaissit, l'infirmière détourne poliment, douloureusement, son regard. Claude regarde devant lui, mais ne dit rien.

Si la pièce est tranquille, mon cœur, lui, est envahi d'un silence encore plus profond. Il a comme sauté par-dessus le diagnostic, le pronostic et le traitement. *« Je sais qu'Hannah va mourir, et je n'ai pas peur. »*

Je ne sais pas où ma peur s'en est allée. Je sais seulement que, si Hannah meurt, j'ai besoin de regarder la vérité en face et de tirer le meilleur parti du temps qui nous reste. Je sais aussi que, lorsque le moment viendra, je veux qu'elle soit à la maison, pour la laisser partir aussi doucement que possible.

J'ouvre la bouche et je laisse la question sortir de mon cœur.

« Docteur Kamalaker, quand vous aurez fait tout ce que vous aurez pu, quand Hannah en aura eu assez, quand elle sera prête à mourir, est-ce que vous l'aiderez à s'en aller ? »

Claude tourne son regard vers moi. Les autres aussi. Le docteur m'observe l'air pensif, sans répondre.

C'est alors que le docteur Bekele me dit :

« Je pense que vous avez compris, n'est-ce pas, que nous n'abandonnons pas l'espoir d'obtenir une rémission. Nous avons l'intention de faire tout ce que nous pouvons pour aider Hannah. »

L'infirmière et Jill approuvent de manière énergique.

Je sais qu'ils sont probablement horrifiés par ma question ; je suis à moitié abasourdie moi-même de l'avoir posée. Même si je sais dans mon cœur qu'Hannah va mourir, ne suis-je pas en train de forcer le destin en le disant tout haut ? Je ne le pense pas. Je n'abandonne pas l'idée que l'on puisse guérir Hannah, mais je reconnais simplement une réalité qui est déjà vraie pour chacun d'entre nous : prêt ou pas, nous allons tous mourir. Savoir qu'Hannah va mourir ne peut pas *provoquer* sa mort. Dénier sa mort *ne l'empêchera pas* non plus. Les choses seront ce qu'elles seront. Ma seule liberté est de décider ce que je vais en faire.

Je n'ai pas quitté le regard du docteur Kamalaker. Ses yeux sont doux, pleins de compassion. J'ai l'impression qu'il lit dans mon cœur.

« Je n'ai pas l'intention de baisser les bras face à cette maladie. Je ferai tout ce que je peux pour lutter contre ce cancer, mais si nous échouons, je suis disposé à vous aider comme vous me l'avez demandé. »

Des ondes de soulagement me traversent. Non seulement j'ai pu exprimer ma peur la plus profonde, mais j'ai trouvé quelqu'un d'autre disposé à regarder, avec moi, la vérité en face. Si jamais Hannah meurt, je sais maintenant que je ne serai pas seule.

La capacité de rebondir

Les médecins ont progressivement diminué les sédatifs, puis ils ont désentubé Hannah. Après tout ce qu'elle a traversé, j'ai du mal à croire qu'elle ait l'air si bien. Bien sûr, elle a perdu beaucoup de poids, sa voix est enrouée, et le sparadrap qui maintenait le tuyau à oxygène a laissé la peau de ses joues à vif. Pourtant, Hannah a passé sa journée à rire, à parler, à siroter du jus de fruit et à regarder des vidéos avec Will. J'ai même réussi à lui laver les cheveux, avec une cuvette en plastique et un échantillon de shampoing pour bébé qu'une des infirmières a trouvé pour moi. Hannah a absolument voulu qu'on lui tire les cheveux en arrière avec un gros nœud rose.

Maintenant, elle va pouvoir manger son premier repas solide depuis une semaine.

« À table ! » annonce l'infirmière en fanfare. Sous les couvercles qu'elle soulève, on voit apparaître une assiette de purée de pomme de terre, des coupelles remplies de gelée et de pudding, et un bol de bouillon de poulet.

Hannah fronce les sourcils. Elle n'a pas l'air impressionnée. Elle met son doigt dans les pommes de terre, puis croise les bras sur sa poitrine.

« Pas question, Josée, je ne vais pas manger *ça* ! Je veux de la pizza ! »

L'infirmière sourit.

« Hannah, les docteurs ont choisi ça pour toi, parce que c'est bon pour ta gorge et ton ventre. Peut-être que demain tu auras de la pizza. »

Hannah la fixe du regard pendant dix secondes. L'infirmière ne bouge pas.

« Va chercher le docteur Tony. »

Dès que le docteur arrive, l'infirmière lui explique la situation. Le docteur Tony tape du doigt sur son *clipboard*, comme il le faisait le premier matin quand Hannah l'a arrêté sur sa lancée. Il la regarde. Elle le regarde à son tour.

« Eh bien ! dit il finalement. Je suis italien, je comprends cette envie de pizza. Si je n'avais rien mangé depuis très longtemps, moi aussi j'aurais envie d'une pizza. »

Vingt minutes plus tard, on monte de la cafétéria un second plateau. L'infirmière l'installe sur la tablette devant Hannah. Le docteur Tony passe sa tête dans l'entrebâillement de la porte, il me fait un clin d'œil, avec un large sourire.

« Oh là là ! »

Hannah a soulevé le couvercle. Elle laisse échapper un hurlement de joie, et je comprends le sourire du docteur.

Là, au milieu du plateau, il y a deux parts de pizza, plus de la glace au chocolat.

L'odeur de la maison

DEUX SEMAINES EXACTEMENT APRÈS LE JOUR DE NOTRE ARRIVÉE SUR LE PARKING DES URGENCES, NOUS RAMENONS HANNAH À LA MAISON. C'est une belle soirée de fin d'été. Nous nous engageons dans l'allée de la maison. Hannah et Will applaudissent en criant joyeusement, mais une partie de moi-même veut faire demi tour et fuir. J'ai l'impression que c'était plus facile de gérer le cancer d'Hannah et ma vie à l'hôpital.

Maintenant, en voyant l'expression de soulagement sur le visage de Claude, tandis qu'il sort les valises de la voiture, j'imagine qu'il s'attend à ce que tout revienne à la normale. Le problème, c'est que je ne me souviens plus du tout à quoi ressemblait la normale.

En entrant dans la maison, même l'odeur semble avoir changé. Je vais d'une pièce à l'autre, et je vois ma vie avec d'autres yeux. Je me demande ce qui est arrivé à la femme qui habitait ici ; j'ai du mal à croire qu'il s'agit de moi. Mes vieilles habitudes – le groupe des mamans du vendredi, les goûters d'enfants, l'office du dimanche – appartenaient à une belle vie, pour une autre femme, mais plus pour moi. Je n'ai aucune idée de ce que va être ma vie. Je sais seulement que ce sera autre chose.

Hannah aussi semble hésitante. Elle est entrée lentement dans la maison, a grimpé les escaliers, s'est arrêtée sur le seuil de sa chambre. Will la bouscule, les bras chargés des poupées, des livres et des peluches que les gens lui ont envoyés à l'hôpital.

« Hannah, on va ranger tes nouveaux jouets.

— Ok ! »

Pendant que Claude finit de décharger la voiture, je commence à dégager une étagère de la lingerie pour y ranger les boîtes de gaze, de sparadrap, d'antiseptiques, les fioles de sérum physiologique et d'héparine, les seringues, les capuchons et un container rouge vif sur lequel est inscrit « Produits contaminants – Déchets ». À l'hôpital, j'avais à ma disposition un étage entier de médecins et d'infirmières pour s'occuper d'Hannah. Maintenant je dispose d'un espace au-dessus de la machine à laver et du sèche-linge.

De la chambre d'Hannah s'échappent des éclats de rire.

Un coup d'œil discret : le contenu de la boîte de déguisements est étalé sur le sol. En défaisant les affaires d'Hannah, Will a trouvé une perruque courte blonde. Il l'a mise sur sa tête avec la couronne en faux diamants, et il danse en rond dans la chambre, son corps de garçon solide serré dans un tutu bleu électrique et une jupe multicolore à paillettes. Hannah est pliée en deux de rire, sur le sol. Elle rit si fort qu'elle ne peut pas rester debout. Je me mets à rire aussi. Claude, alerté par le chahut, a bondi dans l'escalier, et se met à rire aussi.

En nous écoutant rire, je me sens remplie du soulagement que nous puissions être ensemble, et éprouver autant de joie et d'amour, dans un moment si banal. Se sentir chez soi n'a rien à voir avec un lieu familier dans lequel on peut toujours revenir, c'est un sentiment d'être à la place juste, où que l'on soit, quand on sait que l'on est aimé.

Au-delà de la peur

NOUS SOMMES DÉBUT SEPTEMBRE. DANS UNE SEMAINE, HANNAH AURA TROIS ANS. Nous traversons toutes les deux le parking de l'hôpital. Hannah a rendez-vous pour sa seconde chimio. Elle marche à côté de moi et ses chaussures rouges claquent sur la chaussée. Elle tient d'une main son panier-repas rempli de biscuits et de jus de pomme. L'autre est blottie dans la mienne. Je la tiens fermement, attentive au ballet des voitures en quête de places sur le parking.

« Dis, maman, les enfants, ils meurent quelquefois ? »

Elle m'aurait demandé d'où viennent les bébés, sa voix aurait eu le même ton tranquille. Son visage est tourné vers moi, guettant ma réponse. Moi, j'oublie tout, les voitures sur le parking, la perfusion qui nous attend là-haut. La question d'Hannah, plantée au fond de moi, sollicite toute mon attention.

Je ne réponds pas tout de suite. Je voudrais pouvoir lui dire que les enfants ne meurent pas ou que, si ça arrive, c'est tellement rare qu'il ne faut pas qu'*elle*,

elle s'inquiète. Mais je sais que ce n'est pas vrai, et je sais qu'Hannah le sait, elle aussi. Même si sa question a l'air anodine comme cela, à première vue, elle touche quelque chose de bien plus profond. En fait, la vraie question d'Hannah, ce n'est pas de savoir si les enfants meurent, mais si je suis prête, moi, à admettre qu'*elle* puisse mourir. Elle se demande si elle est la seule à le savoir ou si je veux bien, moi aussi, en savoir quelque chose.

« Oui, Hannah, quelquefois les enfants meurent », dis-je tranquillement.

Et puis, cette question déboule avant même que j'aie eu le temps d'y penser :

« Tu sais ce qui arrive quand ils meurent ? »

Silence. Souffle suspendu.

« Ouais ! Ils vont au ciel et ils tiennent compagnie à Dieu. »

Elle me serre fort la main et saute comme un petit lapin sur le trottoir.

La vérité est féroce et sans pitié. On ne peut pas la changer, mais on peut changer sa manière de vivre avec elle. Faire des erreurs, manquer d'amour, mourir, ce sont des expériences inévitables pour nous, les humains. C'est normal d'en avoir peur. En affrontant ces peurs, on a une chance de les dépasser. Quand on fait ce qu'on peut avec ce qu'on sait, quand on est honnête avec soi-même et les autres, quand on reste fidèle à soi et à ce qui compte pour soi, alors seulement la vie que nous menons et l'amour que nous recevons nous appartiennent vraiment.

La joie

La trouver au plus sombre de soi

Celui qui hésite devant chaque pas
passera sa vie sur un pied.

Proverbe chinois

L'anniversaire d'Hannah

DEBOUT DANS LA CUISINE, J'ÉCOUTE LES ÉCLATS DE RIRE QUI VIENNENT DE LA PIÈCE À CÔTÉ. Je ressens un tel soulagement que j'ai envie de pleurer. Il y a un mois que l'on a découvert la maladie d'Hannah. Je n'ai cessé tout ce temps de penser à ce jour anniversaire, avec un mélange impossible d'anxiété et de joie, hantée par une question : cet anniversaire sera-t-il le troisième ou le dernier pour Hannah ? Je me suis mis martel en tête : fallait-il le fêter simplement ou organiser quelque chose de spécial, au cas où elle n'en aurait pas d'autres ? Quand j'ai demandé à Hannah son avis, elle m'a dit : « Je veux une fête avec un gâteau de *La petite sirène*, pas trop de monde, pas trop de cadeaux. »

« Et si tu pouvais faire tout ce que tu veux ? Par exemple aller sur le plateau de *La rue sésame* et inviter tous tes copains ?

— Non, maman ! Je veux une fête avec un gâteau de *La petite sirène*, pas trop de gens et pas trop de cadeaux. »

Tout en farfouillant dans un tiroir à la recherche

d'un paquet de bougies d'anniversaire, j'entends les enfants papoter et rire. Ils sont encore tout essoufflés de leur course au trésor dans le jardin. Ils sont tous adorables avec les parures qu'ils ont « découvertes » : tiares en faux diamants, bracelets dorés, colliers en fausses perles. Au début de l'après-midi, ils ont transformé un tas de bouts de bois, de rubans chatoyants, de brillants et de colle en baguettes magiques dont ils se servent maintenant pour se taper sur la tête.

Il y a un murmure plus calme du côté des mamans qui sirotent leur café dans un coin. Plongées dans leur conversation, elles marquent de temps en temps une pause pour jeter un regard sévère en direction des chasseurs de trésor dont la conduite menace de déraper. Le côté ordinaire de tout cela dissipe la gêne que tout le monde a ressentie au début. Les enfants ont dit bonjour à Hannah d'une manière hésitante, timide. De toute évidence, on leur a rappelé juste avant de venir qu'Hannah avait été opérée et que, peut-être, elle se sentirait un peu malade. Les mamans aussi m'ont embrassée avec une sorte de gêne, comme si elles ne savaient pas s'il fallait m'offrir des félicitations ou des condoléances. Je pouvais les comprendre. Même moi, je ne savais pas si je voulais sourire ou éclater en sanglots.

Hannah est la seule qui ait su vivre pleinement l'instant présent et nous permettre à tous de trouver l'attitude juste.

« Hé, les copains ! Vous voulez voir ma cicatrice ? a-t-elle dit en saisissant l'ourlet de sa robe.

— Tu veux dire que tu peux nous la montrer ? a chuchoté son ami Jackie, les yeux écarquillés, incrédule.

— Bien sûr ! Ce n'est qu'une opération. »

Elle a soulevé sa robe jusqu'au menton, exhibant la cicatrice rouge vif, avec encore ses agrafes, qui lui barre l'abdomen d'un côté à l'autre. Les enfants, curieux d'instinct, se sont rapprochés, manifestant leur intérêt avec des *oh* et des *ah*. L'une des mères s'est tournée vers moi et m'a demandé à voix basse si j'étais d'accord. J'ai souri et haussé les épaules.

« Si c'est d'accord pour elle, c'est d'accord pour moi !

— Est-ce que cela fait mal ? a demandé un enfant.

— Pas trop ! a répondu Hannah. Les docteurs m'ont donné des médicaments et de la pizza, comme ça j'ai été mieux beaucoup plus vite.

— Oh, alors je veux être opéré ! » a dit un autre.

Le reste du groupe a approuvé.

Il y a eu un léger temps d'arrêt, et puis Jackie a demandé :

« Hannah, est-ce que tu peux toujours jouer ?

— Bien sûr, imbécile ! C'est une fête, non ? »

Tout le monde a ri. La gêne a fondu et la fête a commencé.

J'ai trouvé le paquet de bougies dans le tiroir. J'en prends trois et les pique dans un coin du gâteau. Je fais un pas en arrière en souriant. Ce n'est pas un gâteau de supermarché, c'est un chef-d'œuvre que nous avons fait ensemble, Hannah et moi. Dessus, il y a des figurines en plastique de la petite sirène et du prince Éric se tenant par la main, sur une île de glace marron au milieu d'une mer de gelée bleu et vert. Çà et là, dans les miettes de chocolat, on voit des trous faits par le doigt d'Hannah, là où elle a voulu « vérifier » que tous les glaçages avaient le même goût.

J'allume les bougies. Elles paraissent toutes petites sur cet immense gâteau. Trois bougies, ce n'est pas assez pour un gâteau, trois années, pas assez pour une vie ! Les larmes que je retenais jaillissent. Je tiens mes paupières fermées de toutes mes forces. Je ne veux pas pleurer maintenant. Ce serait gâcher le meilleur moment de cette journée. Je respire un bon coup, prend le gâteau, affiche un sourire et entre dans la salle à manger : « Joyeux anniversaire, Hannah ! » Les rires et les bavardages s'arrêtent et tout le monde répète « Joyeux anniversaire ! ». C'est une véritable course d'obstacles au milieu des enfants, des ballons, des banderoles en papier. Je me fraie un passage avec le gâteau, tellement occupée à éviter de brûler quelqu'un ou quelque chose, que je ne remarque pas ce que fait Hannah. Quand, finalement, je lève les yeux, mon sourire de façade tombe d'un coup.

Contrairement aux autres, Hannah ne sourit pas. L'air solennel et tranquille, elle se tient presque immobile. Seule sa tête bouge, tandis que ses yeux vont lentement d'une personne à l'autre puis s'arrêtent sur moi. L'espace d'une seconde, je crois que quelque chose ne va pas. Elle est fatiguée ou triste, ou bien il y a trop d'excitation pour elle. Et puis, je réalise que, loin de se sentir malheureuse, Hannah est en train de goûter profondément ce moment, en nous accueillant dans son cœur. Alors que les « Joyeux anniversaire », bruyants et faux, touchent à leur fin, chacun la regarde avec des yeux brillants, le visage empourpré. Elle continue de goûter cette scène, avec un léger sourire. Tout le monde attend. Un long silence. Les autres enfants commencent à donner des signes d'impatience. Puis quelqu'un crie :

« Fais un vœu, Hannah ! »

Hannah me regarde. Ses yeux brûlants m'atteignent en plein cœur. Les adultes ne sourient plus. Les enfants ne se tortillent plus. Tout le monde observe Hannah. Et Hannah m'observe. Il y a un silence suspendu dans la pièce, comme à l'église après le dernier « Amen ». Enfin, enfin, d'un seul souffle très léger, Hannah souffle ses bougies. En le faisant, elle ne me quitte pas du regard. Je me sens plus présente, là avec elle, que je ne l'ai jamais été avec quiconque, jamais.

D'un seul coup, Hannah a soufflé ses bougies et a ouvert mon cœur. Je sais maintenant qu'il y a une joie au-delà du bonheur, des rires et des sourires de façade. Son essence est la paix ; un calme profond que l'on peut respirer, qui se répand dans le corps et en remplit le moindre espace.

Anticipation

JE VOUDRAIS ME PROSTERNER, CREUSER UN TROU DE GRATITUDE ET ME GLISSER DEDANS. C'est ce que je ferais si je pouvais quitter le regard d'Hannah. Elle est en train de me dire au revoir à travers la vitre du car scolaire, sa casquette rose de travers, à cause de la bousculade pour trouver une place.

Depuis le jour où le docteur Kamalaker nous a annoncé qu'Hannah avait un cancer que l'on n'était pas sûr de savoir traiter, Claude et moi nous avons commencé à vivre le paradoxe de vouloir tout faire pour sa guérison, tout en préservant la qualité du temps qui lui reste à vivre. Claude a passé des heures sur Internet et au téléphone, s'entretenant avec des médecins et des documentalistes médicaux dans tout le pays, prenant des notes, dans un carnet de presque dix centimètres d'épaisseur, sur toutes les informations qu'il pouvait glaner à propos du cancer dont souffre Hannah. Quelque chose en lui semble convaincu que la maladie d'Hannah ressemble à un problème technique particulièrement difficile ; s'il trouve la bonne information, il sera capable de le résoudre.

Le cancer d'Hannah est si agressif et si rare que les traitements le sont aussi. C'est une des choses que nous avons d'emblée comprises. Nous appliquons la règle du docteur Markoff : prendre les meilleures décisions possibles compte tenu des informations dont nous disposons à ce moment-là. Après avoir rencontré personnellement des médecins à New York et à Philadelphie, parlé au téléphone avec d'autres, Claude et moi avons décidé d'essayer la chimiothérapie utilisée dans le cas de la petite fille de l'État de Washington, toujours en vie après quinze mois. La chimio sera administrée une fois par semaine à l'hôpital de jour qui est à vingt minutes de la maison. Nous faisons confiance aux docteurs Kamalaker et Bekele, et nous apprécions la manière délicate et tranquille dont Jill, l'assistance sociale, s'est introduite dans nos vies.

C'est Jill qui m'a annoncé qu'Hannah ne pourrait pas entrer en maternelle. Nous étions assises, elle et moi, au chevet d'Hannah, juste après l'opération.

« Je crois que vous préparez la rentrée d'Hannah en maternelle, le mois prochain. »

Elle a éclairci sa voix et a changé de position sur sa chaise.

« Vous comprenez, n'est-ce pas, que la chimio va sérieusement compromettre son système immunitaire ? La maternelle, c'est absolument hors de question ! » a-t-elle ajouté en posant une main légère sur mon bras.

Cela m'a pris un moment pour digérer ses mots. Je savais que ce qu'elle disait était vrai. Mais pour moi, Hannah était d'abord une petite fille de trois ans, ensuite seulement une patiente cancéreuse.

« Comprenez-moi, après tout ce par quoi elle est passée, je ne vais pas la priver de maternelle. Elle veut prendre le car et partir en excursion à la campagne avec ses amis. Je vais tout faire pour que cela soit possible. »

Jill n'a pas cédé.

« Les gens font des choses étonnantes pour aider les enfants qui sont dans la situation d'Hannah. Je suis sûre qu'on pourra trouver un car scolaire vide, qui viendra chercher Hannah pour l'emmener se promener. Hannah ne fera pas la différence. »

J'ai ri en secouant la tête. S'il y a une chose à propos de laquelle j'étais certaine d'avoir raison, c'était celle-là.

« Jill, je suis sûre que vous savez beaucoup de choses, mais si vous croyez qu'Hannah serait dupe d'un car vide qui viendrait la chercher, c'est que vous ne la connaissez vraiment pas. »

Hannah a commencé la maternelle juste après son anniversaire. Une fois que la décision a été prise, chacun s'est impliqué pour que cela marche. Mme Fisher et Mme Forsythe, les maîtresses, ont rencontré les infirmières de la clinique pour discuter de la manière de diminuer les risques d'exposition aux germes. Elles ont vu les parents des autres enfants pour répondre à leurs éventuelles questions ou à leurs préoccupations. Ursula, la réceptionniste de la clinique, a programmé tous les examens et les rendez-vous de chimio de façon à laisser libres les mardis et jeudis matin d'école. Hannah s'est investie totalement dans son école. Ainsi son traitement est-il seulement une chose parmi d'autres dans notre emploi du temps, et non la seule que nous ayons à l'esprit.

Mme Fisher fait entrer les derniers enfants à l'intérieur du car, après avoir compté chaque tête qui passe devant elle.

« Au revoir, les mamans ! Je crois qu'on va pouvoir partir ! »

À peine a-t-elle annoncé le départ, que les vingt-neuf enfants de trois ou quatre ans assis dans le bus se mettent à crier en chœur. Le conducteur actionne la fermeture des portes et démarre. À travers les vitres, je vois Hannah accrochée au dossier du siège devant elle, faisant des bonds, le visage éclairé d'un large sourire. Puis, comme le car s'éloigne, elle lâche le dossier et, pour un bref instant, se retourne et me fait au revoir de la main. C'est à cet instant-là que j'ai pris la photo et capté une image qui, encore aujourd'hui, trône dans un cadre en argent, sur le bureau de Jill.

Elle m'a confié :

« Tous les matins, Hannah me dit au revoir depuis la fenêtre de ce car. Elle me rappelle que tant de choses sont possibles. Bien plus que je ne le crois. »

Pas de soucis

JE SUIS EN TRAIN DE VIDER LE LAVE-VAISSELLE, QUAND HANNAH ENTRE DANS LA CUISINE EN DANSANT. Elle a mis son maillot de bain rose vif et elle fait des grands gestes avec la baguette magique de son anniversaire. Quelques pirouettes autour de la table, et puis :

« Maman, est-ce qu'on peut faire de la peinture avec les doigts ? S'il te plaît, dis ? »

Je me redresse et arque mon dos pour soulager mes courbatures. Les assiettes sales du dîner d'hier soir sont empilées à côté de l'évier, sur un monceau de lettres qui n'ont pas encore été ouvertes. Le répondeur du téléphone clignote, signalant des messages. Enfin, le bip du sèche-linge me rappelle toutes les deux minutes qu'il a fini son travail. J'ai donc une liste interminable de choses à faire, et faire de la peinture avec les doigts n'en fait pas partie !

Eh bien tant pis ! Nous installons le gros chevalet bleu sur un coin ensoleillé de la pelouse, dans le jardin derrière la maison. Puis nous enlevons nos chaussures, et nous accrochons des feuilles de papier d'un blanc étincelant avec un clip d'un jaune brillant. Hannah pose des coupelles de peinture sur le plateau qui se trouve au-dessous : du rouge fraise, du bleu océan, du jaune citron, du vert (couleur tomate verte).

Nous trempons nos doigts dans les coupelles, en mélangeant bien.

« Génial ! » s'écrie Hannah.

Puis, avec des petits rires, nous retirons nos mains. Des gouttes de peinture, épaisses, gluantes, coulent alors de nos doigts sur l'herbe. Nous barbouillons le papier de boucles et de tourbillons de toutes les couleurs de l'arc-en-ciel. Les chefs-d'œuvre se succèdent. Une demi-heure plus tard, Will revient de l'école. En nous voyant, il a un grand sourire, laisse tomber son sac à dos sur le sol, et se met à danser et à peindre comme un fou.

Plus tard dans la soirée, je suis assise à la table de la cuisine avec une tasse de café refroidi. J'observe les peintures que nous avons fixées sur les portes du placard. Elles sont belles. Je suis même assez fière de la mienne. Quelque chose en moi se libère. Depuis des années, j'ai envie de peindre, et je me dis que je vais d'abord prendre des leçons pour ne pas faire n'importe quoi. Aujourd'hui, sans brosses ni palettes pour m'intimider, ma peur a littéralement glissé à travers mes doigts. Je me suis abandonnée à la joie de peindre.

Tout en faisant tourner mon café à l'intérieur de sa tasse, je vois la lune se lever à travers la fenêtre de la cuisine. Je sens toute une autre vie battre sous ma peau.

Plus d'anniversaire

« MAMAN, POURQUOI EST-CE QUE JE N'AURAI PAS D'AUTRE ANNIVERSAIRE APRÈS QUATRE ANS ? »

Nous revenons de l'épicerie. Hannah pose sa question juste au moment où j'engage la voiture dans notre allée. Les souvenirs de son troisième anniversaire, tout comme la conversation que nous avons eue à propos de la mort possible des enfants, sont aussi présents dans mon esprit que la cicatrice laissée par l'opération. Il y a à la fois de la perplexité et de la certitude dans sa voix ; comme si elle savait que c'était vrai, mais ne comprenait pas vraiment pourquoi.

J'entre la voiture dans le garage, met le levier de vitesse au point mort et arrête le moteur. Un coup d'œil dans le rétroviseur : Hannah a le regard fixé sur ma nuque. Je respire un bon coup et me retourne face à elle.

« Je ne suis pas sûre que ce soit vrai, Hannah ! »

Je déteste la gaieté exagérée de ma voix.

« Après ton anniversaire de quatre ans, tu auras celui des cinq ans. »

Elle me regarde, méfiante. Tout à coup, je perds ma belle assurance.

« Tu es certaine ? »

J'hésite :

« Bon... les docteurs font ce qu'ils peuvent pour aider ton corps à guérir, pour que tu aies encore beaucoup d'anniversaires. »

Elle hoche la tête et me lance un sourire de compassion.

« Ça n'arrivera pas. »

Ce n'est pas une provocation. Elle m'informe simplement.

En me penchant pour défaire la boucle de sa ceinture de sécurité, je sais qu'elle est déjà très en avance sur moi. Je peux seulement prier pour ne pas me laisser trop distancer. Je me demande aussi ce qu'elle peut bien savoir d'autre.

Trafic de drogues à la piscine

Avec Hannah, nous sommes à l'étroit dans une cabine entourée de rideaux. J'essaie de ne pas trop me presser, mais je ne veux pas faire attendre trop longtemps Claude et Will. Hannah et moi sommes donc nues, ayant retiré nos maillots de bain mouillés. Hannah pousse des petits cris parce que la serviette que j'ai enroulée en turban autour de sa tête tombe sans arrêt sur ses yeux. Elle est assise contre le mur, sur un banc en bois. Quant à moi, je suis agenouillée au milieu d'une flaque d'eau, en face d'elle. Près d'elle, sur le banc, est éparpillé tout un matériel médical enfermé dans des emballages à bulles stériles.

Le traitement d'Hannah prévoit l'implantation d'un cathéter, afin de permettre aux médecins un accès direct à la circulation sanguine. Les tubes ont besoin d'être nettoyés plusieurs fois par jour, et le tout doit rester aussi propre et stérile que possible.

Le docteur Kamalaker m'a désignée comme la seule personne responsable du maniement et de l'entretien du cathéter. Même les infirmières et les internes ont reçu l'instruction de ne pas y toucher. Il m'a expliqué que le risque de complications était considérablement réduit si le cathéter n'était manipulé que par une seule personne. En prenant cette décision, il m'a reconnue comme un membre respecté de l'équipe médicale. Ce n'est pas la première ni la dernière fois qu'il a accepté d'enfreindre les habitudes. Le fait que nous soyons toutes les deux en train de rire, dégoulinantes d'eau, dans le vestiaire de la piscine, témoigne de son humanité et de son imagination.

Nager, c'est presque la chose qu'Hannah préfère. Debout à une extrémité du bassin, elle plie les genoux, balance ses bras d'avant en arrière en comptant : un, deux, trois, GO ! et elle saute dans les bras de Claude qui l'attend. Plus elle éclabousse et mieux c'est. Elle remonte à la surface grâce à la bouée orange fixée dans son dos, grenouille jusqu'au bord, grimpe et recommence. Le jeu nous lasse bien avant elle : « Encore une fois, papa ! » supplie-t-elle.

C'est ce que nous avons raconté au docteur Kamalaker quand nous avons insisté pour qu'Hannah puisse aller à la piscine. Il a émis de fortes réserves : une piscine publique est sans aucun doute un vivier de germes. Je lui ai expliqué que je ne voulais pas exposer Hannah a des risques inutiles, mais je ne voulais pas non plus la priver de cette joie. Il me semblait que le risque de penser qu'elle ne pourrait plus jamais nager était pire que le risque de penser qu'elle pourrait attraper une infection.

Le docteur a écouté calmement, puis il a regardé par la fenêtre. Enfin, il s'est levé, a ouvert la porte de sa réserve, et a farfouillé dedans. Trente secondes plus tard, il est ressorti avec un sourire de satisfaction et une boîte de pansements imperméables.

« Vous pouvez vous servir de cela. Mais il faudra aussi tout nettoyer et vidanger le tube et la chambre du cathéter, avant et après. On va faire quelques essais et, si elle n'attrape rien, vous pourrez continuer indéfiniment, avec ma bénédiction. »

Maintenant, j'enfile les gants en caoutchouc jetables, avec un bruit de claquement. Hannah en a saisi une autre paire qu'elle me tend, suppliante :

« Fais-moi un lapin, maman.

— D'accord, mais seulement un ! »

J'écarte l'ouverture du gant entre mon pouce et mon index, la porte à ma bouche et souffle dedans. Le caoutchouc plein de talc a un goût amer. Les doigts, puis le pouce se gonflent d'air, puis le reste du gant également. Maintenant vient la partie qui distingue les experts des novices : je rapproche le pouce et l'index pour éviter que l'air ne s'échappe et je ferme par un nœud. Hannah pousse un hurlement de joie et m'embrasse.

« Merci, maman.

— Pas de quoi, ma chérie. Maintenant, nettoyons ce cathéter ! »

Pendant que je remplis deux seringues, l'une d'héparine, l'autre de sérum physiologique, Hannah ouvre quatre emballages de lingettes imbibées d'alcool et les pose avec soin sur le banc. Puis elle retire le tube du cathéter, en s'abstenant de toucher aux extrémités ; je frotte les capuchons du tube avec l'alcool et m'empare de la première seringue. Je la lève au-dessus de ma tête pour mieux voir, et tapote pour chasser les dernières bulles d'air. Et puis, au moment où je pousse la seringue pour chasser l'air qui reste, le rideau de la cabine s'ouvre.

Une femme en maillot de bain à fleurs bleues tient

le rideau écarté. Ses yeux s'ouvrent tout grands tandis que son regard se dirige lentement des tampons de gaze et des fioles sur le banc jusqu'à Hannah et son cathéter, en passant par mes gants en caoutchouc et la seringue dans ma main. Sans un mot, elle referme le rideau. Nous apercevons ses tongs ornés de marguerites qui reculent, s'arrêtent, puis tournent et s'en vont en claquant sur le sol jusqu'à la porte. J'entends la porte s'ouvrir puis se refermer. Je me tourne vers Hannah.

Elle sourit d'un air espiègle.

« Maman, cette dame a eu l'air vraiment surpris. Tu crois que c'est parce qu'elle a jamais vu des gens nus avant ? »

Humer la vie

J'ÉCRIS UNE SEULE LIGNE DANS MON JOURNAL : « MAUVAISE JOURNÉE. »

La tumeur est revenue. Les médecins l'ont aperçue au cours d'une radio de contrôle. Malgré huit semaines de chimiothérapie, de microscopiques cellules venant de la tumeur d'origine ont migré, se sont multipliées pour former une tache sombre au bas du poumon gauche. La cicatrice laissée par l'opération est à peine fermée.

Claude et moi, nous nous trouvons devant une décision déchirante. Si nous ne faisons rien, Hannah peut mourir avant Noël. Nous n'y sommes pas prêts. Fidèle à la règle du docteur Markoff, nous programmons une deuxième opération pour enlever la tumeur et nous projetons une autogreffe de moelle osseuse. Bien qu'il existe d'autres thérapeutiques expérimentales, la plupart d'entre elles exigeraient certainement qu'Hannah passe le temps qui lui reste à vivre à l'hôpital. Nous n'avons pas envie de lui imposer cela. Nous estimons que la greffe représente un équilibre entre le risque et l'espoir avec lequel nous pouvons vivre. Nous décidons aussi que, si Hannah fait une autre rechute, il faudra la laisser partir.

Les décharges qu'on nous donne à signer montrent parfaitement le paradoxe : on ne peut attendre du traitement une guérison, et le traitement peut aussi la tuer. Et si par miracle elle arrive vivante à l'adolescence, elle ne pourra pas être pubère sans intervention médicale, et ne pourra jamais avoir d'enfants.

Un des médecins que nous avons consultés a résumé la situation en une phrase : « Si j'étais vous, je prierais pour qu'elle reste en vie suffisamment longtemps pour que ce genre de choses devienne un problème. »

La veille de l'intervention chirurgicale, en me promenant dans le parc avec Hannah, je ne pense plus à rien. C'est le genre de journée où l'on sort juste avec un pull : après-midi ensoleillé, fraîcheur de la brise d'automne, craquement des feuilles d'érable dorées sous les pieds. Je sens la chaleur des doigts d'Hannah qui entourent les miens, j'entends sa voix haut perchée et chantante, tandis qu'elle fait des projets pour se rendre à l'hôpital en costume de princesse. Pendant qu'elle marche, je vois danser le pompon violet de son bonnet de laine.

Je hume cet instant, je le savoure pleinement. Il n'y a rien à faire, rien à dire, rien à espérer. Je suis heureuse d'être en vie, encore plus heureuse qu'Hannah le soit. Je retiens mon souffle aussi longtemps que je le peux, espérant qu'un peu de la joie de cet instant se loge dans ma poitrine, pour venir un jour alléger à l'improviste l'un des moments sombres qui, je le sais, m'attendent.

Magie

UNE SEMAINE APRÈS LA DEUXIÈME INTERVENTION, NOUS VOILÀ REVENUES À LA MAISON. Hannah fait deux galipettes au milieu du salon pour fêter cela. Trop surprise pour l'en empêcher, j'ai fermé les yeux avec une belle grimace.

Maintenant, trois jours plus tard, je me sens à des milliers de kilomètres des médecins, des traitements, et du cancer. Claude et moi sommes affalés comme des poupées de chiffon sur des chaises rembourrées, heureux qu'il y ait une climatisation. Nos bagages en cuir et nylon s'entassent sur l'un des lits doubles. Will et Hannah se sont faufilés à travers une des fentes des rideaux pour presser leur visage contre la vitre du quatorzième étage.

« Regarde Will, je vois le château de Cendrillon ! J'espère qu'elle y est !

— Bien sûr que non, elle n'y est pas, elle n'existe pas pour de vrai, explique Will d'un ton impatient.

— Mais si, elle existe, tu verras, rétorque Hannah en reniflant.

— Venez, papa, maman, on peut plus attendre », dit Will.

Claude et moi nous nous regardons, et nous rions.

Le réveil a sonné ce matin à quatre heures trente, dans le New Jersey. Une grande limousine est venue nous prendre une demi-heure plus tard pour nous déposer à l'aéroport avant six heures. Will et Hannah ont dormi pendant tout le vol jusqu'à Orlando. Un couple sympathique nous attendait à l'arrivée. Ils nous ont conduits jusqu'à notre voiture de location et ont épinglé un badge sur Hannah. Sur le badge, était écrit « Faites un vœu ». Nous sommes arrivés à l'hôtel avant midi.

La rechute d'Hannah lui a donné le droit de bénéficier d'un voyage tous frais payés à Disneyworld. Des vacances généreuses et bien venues, mais seulement un répit de courte durée, puisque la greffe de moelle est programmée pour la semaine suivante.

Claude et moi, nous nous mettons péniblement debout.

« Youpi ! » s'exclament Will et Hannah.

Nous montons dans le monorail qui nous conduit au Royaume magique. Premier arrêt : le château de Cendrillon. Nous traversons les douves, passons sous le porche à tourelles, et pénétrons dans l'ombre du hall d'accueil au sol carrelé de mosaïques. Je me sens attirée par la magie des contes de fées. Mon esprit sait que ce n'est pas réel, mais mon cœur est plein de gratitude. J'entends le bourdonnement de voix excitées et le bruit des plats en étain à travers les portes de la salle des banquets, à l'autre bout. La plupart des gens autour de nous se dirigent vers elle, y compris Claude, qui veut savoir si nous pouvons avoir une table sans réservation. Will et Hannah s'attardent, fascinés par les armures et les écussons qui tapissent les murs. Soudain, Hannah tressaille. Devant elle, sort calmement d'une alcôve une silhouette mince vêtue d'une robe longue bleue, avec une torsade de cheveux dorés retenue en arrière par une tiare en pierres précieuses. Will en a la mâchoire qui tombe.

« Cendrillon ! »

Cendrillon s'agenouille devant Hannah et lui dit à voix basse :

« Bonjour, je suis Cendrillon. Quel est ton nom ? »

Hannah ne bouge pas. Ses yeux parcourent Cendrillon de haut en bas : sa couronne, son visage souriant, sa jupe ondoyante, ses chaussures transparentes comme du verre que l'on devine à peine sous l'ourlet.

« Je m'appelle Hannah, répond-elle enfin, et voici mon frère Will », ajoute-t-elle en le désignant du doigt. Elle marque un temps, puis se penche vers Cendrillon et murmure suffisamment fort pour qu'il l'entende : « Il ne savait pas que tu existes pour de vrai, mais *moi* je le savais ! »

Will est au supplice et roule les yeux. Cendrillon lui fait un clin d'œil.

« Tout va bien, Will. »

Il sourit timidement, de toute évidence soulagé.

Cendrillon se tourne à nouveau vers Hannah.

« Comment vas-tu, Hannah ? demande-t-elle d'une voix douce.

— Je viens d'être opérée. Tu veux voir ma cicatrice ? »

Je soupçonne Cendrillon d'avoir déjà remarqué le badge que porte Hannah. Puis à voix basse :

« D'accord. »

Hannah soulève lentement sa robe. Cendrillon regarde son ventre, puis, sans un mot, ouvre ses bras.

Hannah se jette dedans. En tenant Hannah contre elle, la jeune femme me regarde, les yeux remplis de larmes.

« Merci de partager ça avec moi, Hannah », murmure-t-elle à son oreille.

Hannah se dégage, lui donne un baiser, et répond :

« Pas de quoi ! »

Cendrillon se relève, passe un doigt sous son mascara, et rajuste sa jupe. Will s'avance vers elle et lui tend la main :

« Content d'avoir fait ta connaissance, Cendrillon.

— Contente d'avoir fait la tienne, Will », répond Cendrillon en lui serrant la main.

Hannah gambade à s'époumoner autour d'eux.

« Tu vois, Will, je t'avais bien dit qu'elle existait pour de vrai.

— Ouais, Hannah, dit-il en faisant un clin d'œil à Cendrillon, tu avais raison. »

Tandis que nous nous dirigeons vers la salle des banquets, je souris de tout mon cœur. Peu importe que Cendrillon soit une fille du coin en beau costume. La joie vécue dans la rencontre était bien réelle, et cette magie-là me suffit.

Secrets

NOUS NOUS REPOSONS, LOIN DU SOLEIL DE L'APRÈS-MIDI ET DE LA FOULE DES TOURISTES BRONZÉS. Will et Hannah sont assis jambes croisées sur le sol. Ils regardent des dessins animés de Walt Disney. Claude est déjà assoupi. Allongée près de lui, épuisée mais heureuse, je glisse ma main sur mon ventre. Il y a une nouvelle vie en moi. La veille de notre départ pour la Floride, j'ai fait un test de grossesse et j'ai vu au milieu du papier blanc une fine ligne bleue foncer jusqu'au bleu profond. Claude et moi nous nous sommes étreints et nous avons pleuré. Je me sentais bien, différente des autres fois. Pas d'excitation sauvage, seulement une satisfaction tranquille et un lâcher-prise. Je sais que, pour cette grossesse, c'est à Dieu de jouer, pas à moi

Nous avons décidé de n'en rien dire à personne, même pas aux enfants. Si je suis toujours enceinte à Noël, après les huit semaines critiques, nous partagerons la nouvelle avec eux.

Je ferme les yeux, et je me suis presque endormie quand je sens une petite main qui me secoue l'épaule.

C'est Hannah qui murmure fort à mon oreille :

« Maman, tu es réveillée ? »

Je soulève mes paupières alourdies et cligne plusieurs fois des yeux :

« Oui, ma chérie, qu'est-ce qu'il y a ?

— Maman, je veux te dire quelque chose sur le bébé qui est mort.

— Quel bébé ? »

Je me recule pour lui faire une place sur le lit. Hannah se blottit contre moi, sa tête nichée sous mon menton.

« Tu sais, le bébé qui était dans ton ventre. Le bébé qui n'était pas assez fort pour naître. Eh bien, dit-elle, tout excitée, une main sur mon estomac et me regardant dans les yeux, pas besoin d'être triste. Parce que Dieu est en train de nous faire un *nouveau* bébé. »

J'ouvre puis je referme la bouche. Je ne sais pas quoi dire. Ou bien elle essaie de savoir, et dans ce cas il faut que je mente pour ne pas vendre la mèche, ou bien elle sait, et dans ce cas je ne sais pas non plus quoi dire.

Alors qu'elle est assise là, souriant de toutes ses dents, je décide de ne rien faire. Encore une chose que je ne saurai jamais.

Présence de Noël

UNE NEIGE LÉGÈRE S'EST MISE À TOMBER, JUSTE À TEMPS POUR NOËL. Dans un coin de sa chambre d'hôpital se dresse un tout petit arbre de Noël en plastique, aux branches duquel pendent de minuscules ornements et guirlandes lumineuses. À côté de l'arbre, des piles de livres, de boîtes de puzzle, d'animaux en peluche et une poupée Barbie. Toutes les fenêtres sont décorées de décalcomanies représentant des chaussettes, des cannes en sucre et des étoiles. Une guirlande de papier rouge et vert pend d'un côté à l'autre de la chambre.

Il semble que la grâce de Bethléem soit venue jusqu'à nous. Hannah est toujours en vie, et le bébé à l'intérieur de moi aussi.

Depuis trois semaines, Hannah et moi nous vivons dans une chambre d'isolement de trois mètres sur quatre, loin des germes et du monde. Bien que cet hôpital se trouve à plus d'une heure et demie en voiture de la maison, c'est le seul dans notre région qui, tout en étant équipé pour les greffes de moelle, ait accepté de me laisser vingt-quatre heures sur vingt-quatre avec Hannah. Insister pour que ma présence auprès d'Hannah soit autorisée a certainement été l'une des meilleures décisions que nous ayons prises, Claude et moi.

Pendant dix jours, les médecins ont bourré le corps d'Hannah de chimiothérapies, pour tenter de détruire toutes les cellules cancéreuses qui restaient. Les poches de produits chimiques étaient couvertes d'étiquettes orange vif sur lesquelles on pouvait lire « danger », « produits toxiques », « déchets dangereux ». Après les avoir suspendues à la potence, les infirmières vérifiaient une, puis deux, puis trois fois ce qui était inscrit sur leurs tablettes avant de démarrer la perfusion. Je notais tout sur un petit carnet que Claude m'avait donné. Il y avait tracé des colonnes étroites pour inscrire la date, la durée, le nom et le dosage de chaque produit que recevait Hannah. C'est devenu, de façon étrange, une sorte de journal de la dernière année de la vie d'Hannah.

Dès qu'une poche était vide, on la remplaçait par une autre. Presque immédiatement, le corps d'Hannah a commencé à se détériorer, et j'ai commencé à croire que nous avions commis la plus grave erreur de notre vie. La chimio lui donnait mal au cœur, et brûlait sa bouche, sa gorge et tout le trajet des intestins. Ses cheveux tombaient par poignées. Il ne restait plus que quelques mèches têtues sur son crâne chauve. Pas un centimètre de peau qui ne soit à vif ni gonflé. Sous cette éruption, sa peau virait à la couleur du pollen.

Pour tenter de diminuer les escarres et les infections, les médecins m'ont prescrit de la baigner cinq fois par jour dans une baignoire en plastique bleu qui trônait au milieu de la chambre. Chaque fois que je soulevais le corps douloureux et sans énergie d'Hannah, elle gémissait et poussait des petits cris plaintifs. Plusieurs fois, tranquillement, je me suis rebellé contre cette folie, mentant aux infirmières, leur disant que j'avais donné son bain à Hannah quand je l'avais, en fait, laissée dormir.

Pendant la première semaine du traitement, je priais tous les jours pour que les choses n'empirent pas, pour que le corps épuisé et douloureux d'Hannah trouve un peu de repos.

Quand les médecins m'ont expliqué qu'il fallait que le nombre de ses globules blancs tombe à presque zéro pour qu'on arrête la chimiothérapie et que, plus elle s'approcherait de ce but, et plus elle serait malade, j'ai commencé à prier pour qu'elle soit malade, assez malade pour que cette folie prenne fin.

Enfin, quand il n'y a presque plus eu de lumière dans ses yeux, on a décroché les poches de chimiothérapie, et on a injecté dans sa perfusion sa propre moelle osseuse, prélevée plus tôt. La chambre s'est remplie d'une odeur étouffante qui émanait de son corps fiévreux, un mélange de produits chimiques et d'antiseptiques. L'odeur me brûlait les poumons et les narines. J'avais du mal à respirer sans avoir la nausée. Je sais maintenant à quoi ressemble l'odeur de l'antichambre de la mort : ça sent le jus de tomate rance.

Pendant des jours, Hannah est restée allongée, presque morte, à peine capable d'aspirer un peu d'eau avec une paille. Les infirmières lui ponctionnaient du sang toutes les quatre heures pour être sûres que le nombre de ses globules blancs continuait de remonter. Chaque fois, je retenais mon souffle. Peu à peu, alors que son sang commençait à se régénérer, je suis passée d'une prière pour qu'elle vive jusqu'à Noël à une prière pour que ses globules soient suffisamment remontés pour permettre les visites. C'était une course contre la montre. Les globules sont remontés régulièrement pendant une semaine, et puis, trois jours avant Noël, ils se sont arrêtés, sont retombés et ont refusé de bouger. Deux jours avant Noël, l'infirmière de l'après-midi a pris un échantillon supplémentaire et non programmé de sang, dans l'espoir d'une amélioration. Son flair a payé. C'était comme si quelqu'un dans la chambre avait gagné le gros lot : les médecins, les infirmières et même la femme de ménage ont frappé à la fenêtre, les pouces levés en signe de victoire.

Maintenant, Hannah offre une image charmante, à genoux sur son lit devant la maison de poupée que lui a offerte le père Noël. Elle porte un bandeau en dentelle autour de son crâne chauve et une robe neuve en satin ivoire, qui aurait parfaitement convenu pour une demoiselle d'honneur d'un mariage mafieux. C'est pourquoi j'étais sûre que cela lui plairait.

La veille de Noël, Claude était venu me remplacer auprès d'Hannah. Cela m'avait permis de sortir acheter quelques cadeaux de dernière minute. C'était ma première sortie de l'hôpital depuis trois semaines. Alors que, debout dans le magasin, je tenais la robe de Noël « mafieuse », une femme qui farfouillait dans un portant rempli de pantalons pour petits garçons, a remarqué la scène.

« Est-ce que vous pensez acheter cette robe ?

— Oui, mais elle est rudement chère », avais-je répondu, l'air penaud.

La femme avait souri. « J'ai trois garçons, avait-elle dit sur un ton péremptoire. ACHETEZ CETTE ROBE ! »

Maintenant, en regardant Hannah, je suis contente de l'avoir fait. C'est la première fois, en deux semaines et demie, qu'elle porte autre chose qu'une casaque d'hôpital. Elle a même sonné les infirmières pour qu'elles viennent la voir. En comparaison des jours précédents, elle a vraiment bonne mine. Bien que son visage et ses bras soient bouffis à cause de tous les produits qu'on lui a injectés, et que ses yeux soient ternes et endormis, elle est en train de se remettre. Sa peau est moins jaune, et l'éruption a seulement laissé quelques traces légères.

Claude, Will et moi nous nous regardons en souriant derrière nos masques en papier. Nous portons tous les trois des protège-cheveux en plastique, des blouses à manches longues, des gants de caoutchouc, et des protège-chaussures fermés par un élastique. Nos masques ne cessent de glisser de nos nez, quelle que soit la créativité dont nous faisons preuve pour les attacher derrière la tête. Hannah appelle nos accoutrements des « tenues d'astronautes ». Tout le monde, sauf elle, doit en porter. Son système immunitaire est encore tellement fragile que la moindre infection peut la tuer.

C'est si bon d'être tous ensemble. Mon cœur déborde. Tout ce qui semblait ordinaire, il y a un mois, semble miraculeux. Comme une résurrection. Claude semble éprouver la même chose. Il fait des bonds d'avant en arrière, avec son appareil photo, saisissant les images.

« Je suis impatient de montrer à tout le monde comme elle va bien. »

« Eh, vous deux, dis-je à Will et Hannah, papa et moi nous avons une bonne nouvelle à vous annoncer. »

Les deux lèvent les yeux, et Claude me prend la main et la serre fort.

« Il va y avoir un nouveau bébé dans la famille.

— Quand ? s'écrient-ils à l'unisson.

— En juillet », répond Claude.

Les deux enfants hurlent de joie et se prennent dans les bras. Puis Will de s'écrier :

« Oh là là, c'est le plus beau cadeau de Noël qu'on puisse avoir. Hannah, tu crois pas que ce serait vraiment cool si c'était un garçon ? »

Hannah fronce les sourcils.

« Je crois pas, Will. Je veux qu'“ il” s'appelle Églantine. Il *faut* que ce soit une fille.

— Bon, si “il” s'appelle Églantine, j'espère que c'est une fille, moi aussi », répond Will.

Pendant que Claude continue ses photos, je laisse mes yeux et mon cœur se remplir de toute la joie qui est dans la chambre. Ce que nous partageons, aucune photo ne pourra jamais le rendre. Cette joie n'a pas besoin d'être fixée sur un document : elle est pour toujours dans nos cœurs.

Communion avec le docteur Tête de tomate

ENVIRON UNE SEMAINE APRÈS NOËL, LE MÉDECIN RESPONSABLE DE LA GREFFE ENTRE DANS LA CHAMBRE, VISIBLEMENT PORTEUR D'UNE BONNE NOUVELLE.

« Tu peux manger tout ce que tu veux, Hannah-banana, pour ton dîner ce soir. »

Le docteur Tête de tomate – de son vrai nom docteur Brockstein – a été ainsi baptisé par Hannah quand il s'est mis à l'appeler « Hannah-banana ».

De toute évidence, il est heureux de son offre généreuse. Hannah le regarde, pensive. Elle porte sa robe de Noël et ses chaussures rouges.

« C'est vrai, Hannah, ton corps a travaillé dur pour être assez fort pour recommencer à manger. Tu peux avoir tout ce que tu veux. »

Elle fait la grimace, et se tapote la tête avec un doigt :

« Humm... »

Puis, fermant les yeux, comme pour réfléchir :

« Est-ce que tu as des petits pains ? »

Le docteur et moi, nous nous regardons, surpris.

« Je pense que oui, si on n'en a pas, on ira en chercher.

— Merci ! répond Hannah, en croisant les mains sur ses genoux.

— C'est vraiment tout ce que tu veux ?

— Non, en fait, je veux encore une chose. »

Le visage du docteur Tête de tomate s'éclaire, visiblement soulagé.

« Je veux du jus de raisin, s'il te plaît.

— Tu es sûre que c'est tout ? demande le docteur, dont le front se ride en une expression perplexe. Tu pourrais avoir de la pizza, de la glace, des cookies au chocolat... n'importe quoi. »

Hannah le scrute, légèrement agacée maintenant.

« Je veux un petit pain et du jus de raisin (et les mains tendues, paumes vers le haut, exaspérée), comme à la communion le dimanche », ajoute-t-elle comme si c'était évident, et que nous soyons des cruches de ne pas l'avoir compris.

Elle se tourne vers moi.

« Maman, tu m'aides à enlever ma robe ? Je veux pas renverser de jus dessus. »

Dix minutes plus tard, le docteur Tête de tomate, deux infirmières et moi-même nous regardons Hannah qui rompt lentement et consciencieusement le pain en petits morceaux, avant de les tremper dans son verre de jus de raisin et de les mettre dans sa bouche. Elle semble nous avoir oubliés, mâche, avale, et regarde en silence vers le bout de ciel crépusculaire que l'on aperçoit à travers la fenêtre. J'ai envie de m'agenouiller devant elle et de lui embrasser les pieds.

Deux heures plus tard, elle sonne les infirmières et leur demande des rondelles de tomate avec de la moutarde.

Pouvoir changer d'avis

HANNAH A MAINTENANT LE CRÂNE COMPLÈTEMENT CHAUVE. Les dernières mèches de cheveux ont fini par tomber. Nous sommes dans l'unité des greffes depuis quatre semaines et demie. Nous en avons toutes les deux assez, et nous attendons avec impatience le retour à la maison.

Je lui tends une tasse en plastique rouge, avec du jus de pomme dedans. Elle en prend une gorgée.

« Ça n'est pas la bonne ! »

Elle me rend la tasse. Je ne comprends pas. Cela fait des jours que je suis le rituel qu'elle m'a demandé : jus de pomme dans la tasse rouge, lait dans la tasse verte, Pepsi dans la tasse jaune et eau dans la tasse bleu.

« Ça n'est pas la bonne ! répète-t-elle, en me regardant d'un air calme.

— Quelle est la tasse qui n'est pas la bonne ?

— Toutes. »

J'ai envie de jeter le lot des tasses contre le mur. Je respire lentement et je compte jusqu'à dix. D'habitude, c'est ma plus grande joie de laisser Hannah décider quelle boisson elle veut dans chaque tasse. Certaines personnes s'inquiètent. Elles ont peur que je ne la gâte, mais je ne suis pas d'accord. Je vois cela comme une manière de préserver un certain sens de sa dignité. Il y a tant de choses qu'on l'oblige à avaler. Elle a besoin d'avoir quelque chose à contrôler. Mais aujourd'hui, je me sens épuisée, moins disponible.

« Hannah, je fais exactement ce que tu m'as demandé de faire les autres jours.

— Je sais, dit-elle en croisant les mains sur ses genoux, mais aujourd'hui, continue-t-elle en marquant un temps d'arrêt, penchée en avant, articulant comme si elle s'adressait à un enfant particulièrement obtus, j'ai changé d'avis. »

Je relève la tête et je ris. Mon exaspération a fondu. Elle a dit cela comme si changer d'avis et prendre le risque d'exaspérer était quelque chose de nouveau pour moi. Elle a raison : ça l'est.

Une joie sauvage

MAINTENANT QUE SES GLOBULES SONT SUFFISAMMENT ÉLEVÉS, HANNAH A LA PERMISSION DE SORTIR DE SA CHAMBRE. Non contente de se promener, ce qu'elle préfère c'est la vitesse.

« On va faire du vélo ? »

Nous sortons sa bicyclette rangée sous l'évier de l'antichambre, et la poussons au milieu du couloir. C'est une vraie bicyclette rose vif et violet, équipée de deux petites roues. La fondation pour les enfants malades « Faites un vœu » la lui a livrée la veille de Noël. Hannah fourre sa couverture rose dans le panier accroché à l'avant, et grimpe sur la selle. Je la pousse légèrement. Elle allonge les jambes autant qu'elle peut et commence à pédaler. Tandis qu'elle prend de la vitesse sur le linoléum, je cours à côté d'elle, veillant à ce que la potence de sa perfusion suive. La bicyclette valse d'un côté à l'autre du couloir, les banderoles de son guidon tout neuf au vent.

« Ne lâche pas ton guidon, Hannah », crié-je, tandis

qu'elle lève les deux mains pour dire bonjour aux infirmières dans leur salle.

« Tu vas épuiser ta maman, Hannah ! » lui lance l'une d'entre elles.

Hannah tourne la tête et rit. Je ris aussi. C'est plus de joie que je ne peux en contenir de la voir s'amuser ainsi !

« Attention devant ! » me crie Hannah, alors que nous venons de passer le coin devant les ascenseurs. Elle s'arrête et descend d'un bond de sa bicyclette pour faire demi-tour. Tandis que je démêle les tuyaux de la perfusion enroulés autour de la potence, je remarque un petit groupe de gens qui pleurent et chuchotent à l'extérieur d'une chambre rarement utilisée, au bout du couloir.

« Qu'est-ce qui se passe là-bas ? » Je m'adresse à une infirmière qui s'est détachée de ce groupe et qui marche dans ma direction.

« Un petit garçon a été renversé par une voiture et il vient de mourir », dit-elle à voix basse.

J'ai l'impression d'avoir reçu un coup dans l'estomac, et en même temps je pense que j'ai une forme de chance, un sentiment que je n'aimerais pas du tout crier sur les toits. Je ne peux pas imaginer perdre Hannah aussi brutalement, sans avoir le temps de la préparer ou de me préparer à ce qui va arriver, sans avoir la possibilité de savourer, jusqu'à l'ultime moment, sa présence. Est-ce que les parents de ce petit garçon ont eu ne serait-ce que la possibilité de lui dire au revoir ?

Quelle que soit l'intensité de la peur que j'éprouve depuis le début de sa maladie, je me sens pleine de gratitude pour tous les moments que j'ai partagés avec Hannah. Même les plus sombres ont eu leurs éclats de joie sauvage. Je sais maintenant qu'il y a quelque chose de simple et pourtant d'exquis dans le fait d'avoir du temps : du temps pour savourer, du temps pour se souvenir, du temps pour dire au revoir.

Un thé avec l'infirmière

LA PREMIÈRE SEMAINE DE JANVIER, NOUS SOMMES DE RETOUR À LA MAISON. Une semaine plus tard, Hannah retourne à la maternelle, avec sa robe de Noël et un chapeau en velours noir garni d'un nœud rose qui ne cesse de glisser de son crâne chauve et de faire tomber le masque en papier qui couvre toujours son nez. Ses copains de l'école ont poussé des cris d'exclamation devant sa robe, mais ont à peine remarqué qu'elle n'avait plus de cheveux.

Aujourd'hui, Hannah porte à nouveau sa belle robe, car c'est, dit-elle, « une occasion très, très spéciale ». Katie, l'infirmière vient prendre le thé.

Katie est une de ses infirmières favorites. Elle travaille à l'hôpital où Hannah a été opérée. Une vingtaine d'années, à peine un mètre soixante, les cheveux bruns courts, et des yeux qui dansent, Katie n'est jamais distraite par autre chose quand elle est avec Hannah. Elle a toujours l'air de se préoccuper sincèrement de son état et trouve toujours le temps de blaguer avec elle.

Chaque fois qu'elle venait dans la chambre d'Hannah, à l'hôpital, elles avaient un jeu favori.

« Y a-t-il quelque chose que je puisse faire pour toi, ma petite demoiselle Hannah ? »

Ainsi commençait Katie, essayant de paraître aussi sérieuse que possible. Hannah souriait et croisait les mains sur ses genoux.

« Oui, infirmière Katie, je peux avoir une "tomatie", s'il te plaît ? »

Hannah avait à peine le temps de terminer la phrase qu'elle éclatait de rire.

Katie se penchait alors sur Hannah, et d'une voix solennelle et grave, disait :

« Je suis désolée, mademoiselle, mais les "Katies" ont mangé toutes les "tomaties", il reste cependant des tas de "bananas" pour la petite demoiselle Hannah. »

Hannah est en train de dresser elle-même la table pour le thé. Lentement et avec attention, elle apporte, une par une, un assortiment éclectique d'assiettes et de tasses en porcelaine, depuis la cuisine jusqu'à la table basse du salon. Elle pose les tasses plus ou moins en rond, avec, au centre, une marguerite en plastique dans son vase, qui vient de son service à thé Barbie. Trois serviettes en papier qui restent de son anniversaire sont mises bout à bout « pour qu'on puisse voir les images », explique Hannah. L'une représente Winnie l'ourson, les deux autres chacune une petite sirène, et il y a en plus une serviette avec écrit « Bonne année ».

Elle a décidé qu'on servirait le thé dans la théière des grands. La théière Barbie est déjà bourrée d'une collection impressionnante de sparadraps... Comme nous en faisons un usage impressionnant, nous sommes devenus de véritables collectionneurs. Et comme nous achetons tout sauf le modèle ordinaire, nous en avons de toutes les tailles, de tous les modèles et de toutes les couleurs.

Je regarde Hannah arranger, puis arranger encore les objets sur la table, et je me retiens de faire une suggestion. Ce n'est pas facile. Une part de moi ne peut s'empêcher de tout critiquer, de dire aux autres ce qu'ils doivent faire et comment « bien faire », surtout avec les enfants.

Hannah chantonne en souriant, se reculant de temps en temps pour admirer son œuvre. Elle n'est pas pressée. Elle ne semble pas préoccupée de savoir comment on prépare d'habitude une table pour le thé. Je la regarde tranquillement, savourant la joie qu'elle éprouve et le soin qu'elle porte à tout ce qu'elle fait. J'aimerais être capable de la même attention dans *mes* occupations quotidiennes, faire quelque chose simplement pour la joie de le faire, sans me soucier de ce que les gens en pensent.

Je réalise alors que la joie n'a rien à voir avec le désordre, le manque d'harmonie, ou le manque d'amour. Si je veux vraiment vivre ma vie pleinement, il faut que je renonce à ce besoin de perfection pour moi et pour les autres.

Virée joyeuse en jeep

J'AI ENLEVÉ LES RIDEAUX ET OUVERT TOUTES LES FENÊTRES POUR QUE LA BRISE CHAUDE DU PRINTEMPS CHASSE L'ODEUR DE RENFERMÉ QUE LA MAISON PREND L'HIVER. Claude est dehors dans le jardin, il ratisse et sème. Will et Hannah m'aident à passer un chiffon imprégné d'huile citronnée sur les boiseries et les meubles. Nous avons déjà fait le rez-de-chaussée et nous nous apprêtons à commencer la chambre de Will, quand j'entends arriver une voiture, klaxonnant fort. Je n'ai même pas besoin de regarder pour savoir de qui il s'agit. Et les enfants de même.

« Pasteure Laure-Jeanne », crient-ils en courant à la fenêtre.

J'entends le rire de Laure-Jeanne, m'approche de la fenêtre juste à temps pour la voir envoyer des baisers depuis le siège avant de sa jeep décapotée rouge vif.

« Cool ! dit Will, en se penchant dangereusement.

— Oui c'est cool. »

Laure-Jeanne rit et retire sa casquette

« Qu'est-ce que vous faites ? Vous venez faire un tour ?

— On fait le ménage », répond Hannah en brandissant son chiffon à poussière pour que Laure-Jeanne le voit.

« Le ménage ? hurle-t-elle, tandis que Will et Hannah éclatent de rire. Vous allez dire à maman que c'est interdit, complètement interdit, de faire le ménage par une belle journée comme ça ! Descendez tout de suite, vous deux, et dites à maman qu'elle a intérêt à venir aussi. »

Will et Hannah abandonnent leurs chiffons, dévalent les escaliers, et se jettent dans ses bras. Plantant un énorme baiser sur chacune de leurs joues, elle les soulève par-dessus les portières de la jeep, et les installe sur la banquette, en attachant leurs ceintures. Nous voilà maintenant tous les quatre à bord. Elle fait marche arrière et klaxonne. Claude s'arrête de ratisser, sourit et nous fait au revoir de la main.

Le soleil, encore haut dans le ciel, nous chauffe le visage. Laure-Jeanne accélère.

« Plus vite ! » hurle Hannah depuis le siège arrière, tandis que le vent balaie la jeep ouverte.

Nous nous regardons, Laure-Jeanne et moi, et nous sourions. Ses yeux brillent. Je sais que les miens aussi. Elle accélère encore. La jeep fonce et nous poussons des cris d'allégresse. Cela fait longtemps que je ne me suis pas autant amusée.

« Hé ! maman ! je peux sentir le vent dans mes cheveux », hurle Hannah.

Je tourne la tête pour la regarder. J'en suis sûre, je le vois pour la première fois grâce à l'éclat du soleil : le crâne d'Hannah est maintenant recouvert d'un très léger duvet, que la brise dresse tout droit. Hannah se passe les mains sur le crâne.

« J'ai des cheveux ! j'ai des cheveux ! crie-t-elle.

— Wahou ! » hurle Will, qui se penche pour la serrer dans ses bras.

Je me mets à pleurer, et Laure-Jeanne aussi.

Ma bouche dit « merci, merci ».

Elle prend ma main et la serre. Tandis que nous prenons un virage à toute vitesse, Hannah crie à nouveau.

« Pasteure Laure-Jeanne, maman, c'est là que je vais habiter ! »

Je regarde l'endroit qu'elle désigne. Là, au coin de la route, se trouve la maison la plus colorée que j'aie jamais vue : elle est entièrement peinte en rose pâle, à l'exception des bordures qui sont marron foncé.

« Vise un peu, Hannah, cette maison est complètement rose ! » hurle Will.

Hannah rit et lui crie dans l'oreille :

« J'aurai, en plus, une voiture rose sans toit. »

Will hoche la tête, et lève les yeux au ciel :

« Ah, les filles ! »

Un moment ordinaire

CE SONT LES DERNIERS RAYONS DU SOLEIL COUCHANT. Nous avons encore eu une belle journée de printemps. Il y a une odeur de terre chaude dans l'air. Claude et moi, nous marchons en nous tenant par la main. Will et Hannah courent devant. Je suis enceinte de six mois maintenant, et je sens le bébé bouger et s'adapter au rythme de mon pas.

Le copain de Will, David, est dans le jardin devant sa maison. Il joue au basket avec son papa. Alain et Claude ont monté ensemble une petite équipe de papas, qui font de temps en temps des parties de basket, le mardi soir. Michel, le petit frère de David, à peine plus âgé qu'Hannah, est dans le jardin devant la maison, en train de farfouiller dans la boue avec un bâton. Will fait un porte-voix de ses mains et crie en direction de David, qui sourit et lui fait une longue passe. Will attrape le ballon, fait quelques dribbles, et vise le panier mais le manque.

Pendant ce temps-là, Hannah a trouvé un bâton. Elle est allée rejoindre Michel dans la boue. Alain nous a vus, il nous fait un signe de la main. Avant que nous les ayons rejoints, Alain tache d'esquiver les deux adversaires et fait semblant de rater son coup.

« J'ai besoin d'aide, mon pote. »

Claude rit et se joint à la partie. Marianne, la femme d'Alain, passe la tête par la porte d'entrée.

« Je me demandais d'où venait tout ce boucan », dit-elle en souriant.

Elle me fait signe de venir la rejoindre.

« Hé, Michel, qu'est-ce que vous fabriquez, vous deux ?

— On cherche des scarabées, répond Hannah.

— Et des vers de terre, ajoute Michel.

— Ouais, et des vers de terre, répète Hannah.

— Chouette alors ! dit Marianne en levant les yeux au ciel. J'imagine qu'il faudra vous donner un deuxième bain, à tous les deux, avant d'aller vous coucher. »

C'est alors que c'est arrivé. Une chose tellement étrange et merveilleuse que, si je n'en avais pas fait l'expérience moi-même, je n'aurais jamais cru que c'était possible : *j'oublie qu'Hannah est malade !*

Et je ne m'en rends même pas compte. C'est comme si j'étais sortie de l'histoire du cancer, du traitement, des soucis et de la mort. Hannah est en train de jouer dans la boue, et je rends visite à une amie. C'est un moment ordinaire, un moment où il ne se passe rien de spécial.

Puis, tout à coup, je reviens à la réalité. Pourtant, quelque chose n'est plus comme avant. Et même si je me souviens maintenant qu'Hannah est malade, un peu de la tranquillité de ce moment est toujours là.

Plus tard, assise sur le pas de la porte d'entrée, je goûte ce qui reste de cette tranquillité, en contemplant les uns après les autres les détails de la nuit. Je remarque d'abord les papillons, qui viennent cogner leur corps d'un blanc poudré contre l'ampoule du lampadaire, puis le bruissement du vol si précis des chauves-souris, au-delà de la lune, avec sa grande face placide, puis l'éclat des planètes, et les galaxies étalées sur un tapis infini d'étoiles.

En écoutant la nuit, je me sens au bord de l'immensité. Je sais que ce silence, c'est Dieu.

Célébrer

J'ENTENDS HANNAH MONTER À PAS DE LOUP LES ESCALIERS. J'ouvre les yeux et m'étire. Il est temps de se lever. J'entends la douche couler. Claude s'est débrouillé pour sortir du lit sans me réveiller. Dieu le bénisse.

La porte de notre chambre s'ouvre brusquement.

C'est Hannah.

« Maman, est-ce que c'est pas une *belle* journée pour être en vie ? »

Elle s'est arrêtée sur le pas de la porte, l'œil brillant, le visage rayonnant, traînant sa couverture rose derrière elle. Des cheveux fins, blonds, de deux centimètres de longueur, poussent dans tous les sens sur sa tête. Ses joues sont roses et pleines. Je remarque pour la première fois que l'ourlet de sa chemise de nuit ne traîne plus par terre. Il frôle le dessus des pieds, laissant voir de petits ongles d'orteils avec leur vernis rose. Comme je lui souris, elle lâche la poignée de la porte et sa couverture, traverse la chambre en courant et se jette sur le lit. Puis elle rampe jusqu'à moi, se terre sous les couvertures et enfouit sa tête entre mon cou et mon épaule.

« Oui, Hannah, dis-je en enfonçant mon nez dans ses cheveux, *c'est* une belle journée pour être en vie. »

La joie, c'est la magie et la tranquillité qui règnent au seuil de chaque instant, c'est l'expérience de donner et de vivre pleinement, sans rien attendre en retour. Parce qu'elle ne connaît aucune règle, la joie n'a pas peur d'être imparfaite, et elle peut nous surprendre même dans les moments les plus sombres.

La foi

Que Ta volonté soit faite
et non la mienne !

Chaque fois que nous disons :
« Que Ta volonté soit faite », nous devrions avoir
à l'esprit tous les malheurs possibles
et imaginables.

Simone Weil

Que Ta volonté (et la mienne) soient faites !

C'EST UNE BELLE JOURNÉE DE PRINTEMPS, UNE SEMAINE AVANT PÂQUES. Hannah et moi, nous avons décidé d'aller à l'église à pied. Will nous a devancées avec sa bicyclette, et Claude, qui a fait la grasse matinée, dit qu'il nous rejoindra plus tard. Hannah et moi, nous nous tenons par la main. Les bulbes et les bourgeons, en sommeil tout l'hiver, éclatent de vie. Je suis attirée par un magnolia, en particulier. Il est plus grand que les maisons qui l'encadrent ; ses branches, couvertes d'énormes fleurs blanc et pourpre, s'élancent vers le haut, comme vers l'infini.

« Maman, dit Hannah en le désignant, ce sont des fleurs comme ça que j'aurai pour mon mariage !

— Elles sont très belles, Hannah, dis-je en priant pour qu'elle dise vrai. Avec qui vas-tu te marier ?

— Avec papa, tu es bête ! » répond Hannah en riant.

Ces jours-ci, Hannah a l'air en trop bonne santé pour

être malade. Elle a déjà usé sa première paire de chaussures rouges, et nous les avons remplacées. Son pied a grandi d'une demi-pointure.

Trois mois et demi ont passé depuis sa greffe, et nos vies ont trompeusement repris un cours normal. Je voudrais croire que cela va durer, mais je sens une incertitude planer dans l'air. Le docteur Kamalaker a prévu une radio de contrôle et un scanner pour la semaine suivante.

Assise à l'église, je regarde l'immense croix pendue au plafond, derrière Laure-Jeanne. Je n'ai jamais autant apprécié l'histoire chrétienne de la résurrection pascale. Si Dieu a pu ressusciter Jésus d'entre les morts, ne peut-Il pas aussi sauver Hannah ?

Et s'Il peut le faire, qu'est-ce qu'Il attend ?

« Que Ta volonté soit faite », dis-je en priant du fond du cœur, sachant que, en disant cela, ce que je désire vraiment c'est que Sa volonté corresponde à la mienne.

Dire oui

J'ENTENDS CLAUDE RONFLER DANS LA CHAMBRE D'HANNAH. Ils se sont tous les deux endormis au beau milieu de l'histoire qu'il lui racontait. Will attend que je le borde, et je sais pourquoi.

Il y a moins d'une semaine – c'était quelques jours après Pâques –, le docteur Kamalaker nous a montré sur la radio l'endroit où le cancer s'est métastasé. Au moment de la greffe, nous nous étions engagés, Claude et moi, à ne pas soumettre Hannah à d'autres traitements, mais c'était hier. Aujourd'hui, nous demandons au médecin de l'opérer immédiatement.

Tôt ce matin, Claude a chargé nos valises – celle d'Hannah et la mienne – dans le minicar pour nous rendre à l'hôpital. J'ai accompagné Will à pied jusqu'à la maison de son ami Jeff, je l'ai embrassé et lui ai rappelé que Lili viendrait le chercher après l'école. Mais quand il est revenu de l'école, Lili n'était pas là. À la place, il y avait Claude, Hannah et moi qui l'attendions.

Maintenant, alors que Will lance tous ses animaux

en peluche sur l'autre lit pour me faire de la place, je vois qu'il a pleuré. Je m'allonge confortablement près de lui, et je le prends dans mes bras.

« Mon poussin. »

Je l'embrasse sur les cheveux, savourant sa douceur de petit garçon.

« Maman, sa voix s'étouffe contre ma poitrine. Pourquoi les docteurs n'ont pas opéré Hannah ? »

Une partie de moi voudrait tout faire pour éviter cette conversation, mais je sais que Will attend de moi que je sois honnête avec lui, et il mérite de savoir.

Alors, choisissant mes mots avec soin :

« Eh bien, la grosseur est à un endroit différent, cette fois-ci. Elle a poussé très près de la moelle épinière et elle s'est étendue autour de quelques veines très importantes. Les docteurs ne peuvent pas l'enlever. »

Will pleure et soulève sa tête pour me regarder.

« Mais, maman, ils ne peuvent pas au moins en enlever un bout ? » Il marque un temps. Puis, d'une voix lente, et délibérément : « Sinon, Hannah va mourir. »

Mes yeux se remplissent de larmes. J'inspire un bon coup et les ravale. Je veux être avec Will dans son chagrin. Je ne veux pas le submerger avec le mien. Je cherche mes mots lentement, et avec précaution, dans l'obscurité qui menace de m'engloutir.

« La vérité, Will, c'est que, quoi que nous fassions, les docteurs pensent qu'Hannah n'a plus que quelques mois à vivre. Si on l'opère, même pour enlever un bout de sa grosseur, ça veut dire qu'Hannah va avoir beaucoup plus mal pendant le temps qu'il lui reste à vivre que si l'on ne fait rien. »

Will jette ses bras autour de mon cou et sanglote. J'ai l'impression que mon cœur va se noyer dans son chagrin. Des vagues de colère me submergent. Est-ce que cela ne suffit pas à Dieu qu'Hannah soit en train de mourir ? Faut-il qu'Il prenne aussi l'innocence d'un petit garçon de six ans ?

Depuis qu'il est tout petit, Will donne l'impression d'être plus mature que les autres enfants de son âge, mais maintenant je donnerai n'importe quoi pour qu'il ne sache pas tout ce qu'il sait. Il y a des mois de cela, quand Hannah est tombée malade pour la première fois, je lui ai donné un cahier pour qu'il dessine dedans ce qu'il ressent. Pendant longtemps, il n'a rien dessiné. Mais, récemment, il a commencé à partager avec moi quelques-unes de ses images. Les premières représentaient des scènes compliquées de joueurs de base-ball ou d'Indiens d'Amérique blessés ou en sang. Puis, juste avant Pâques, il a dessiné une croix très travaillée, le long de ce qui ressemble à un mémorial de guerre avec un drapeau américain. En dessous, il a soigneusement inscrit le nom d'Hannah.

« Je suis désolée, Will, ai-je fini par dire quand j'ai pu parler, j'aurais préféré te dire autre chose, mais je crois que tu mérites de savoir la vérité. Comme ça, tu pourras profiter d'Hannah pendant qu'elle est encore là, autant que papa et moi ».

Will brandit ses poings en l'air :

« Ce n'est pas juste. Hannah veut tellement être une grande sœur. Est-ce qu'elle vivra assez longtemps pour voir notre nouveau bébé ?

— Je ne sais pas, Will. »

Je suis abasourdie qu'il ait déjà réfléchi à tout cela.

« La seule chose dont je suis sûre, c'est qu'on peut prier pour ça.

— *J'ai* prié, maman, mais comment Dieu peut attendre qu'on croie en Lui, s'Il laisse Hannah mourir ? Je Le déteste, s'Il fait ça ! »

J'approuve de la tête. J'admire son courage pour avoir dit cela à haute voix, mais j'offre une prière à Dieu au cas où. Je suis de moins en moins sûre de ma foi. Je ne vais pas courir le risque de me Le mettre à dos.

« Maman, Hannah sait qu'elle va mourir ? »

Les sanglots de Will se sont calmés.

« Je n'en suis pas sûre, mais je pense que oui.

— Eh bien, je veux pas qu'on lui dise, personne, parce que je veux pas qu'elle ait peur.

— Je te comprends, Will, mais je crois aussi que si Hannah ne le sait pas déjà, elle va le deviner. Si elle me le demande, je lui dirai la vérité. Je ne veux pas qu'elle sache qu'elle va mourir et qu'elle ne puisse pas en parler à quelqu'un. »

Will réfléchit un moment, puis finit par reconnaître :

« Ouais, c'est d'accord ! Mais, maman, quand tu sauras qu'Hannah sait, tu me diras ? Je veux qu'elle puisse m'en parler à moi aussi.

— Marché conclu ! »

Je le serre dans mes bras. Il est calme.

« Maman, si toutes nos grands-mères et tous nos grands-pères sont encore en vie, qui Hannah va retrouver au ciel ? »

Et moi, hochant la tête :

« C'est une bonne question... Mais au fait, tes arrière-grands-parents sont au ciel, non ?

— Oui, mais Hannah va probablement pas les reconnaître.

— Je pense que tu as raison. »

J'essaie de penser aussi vite que je peux.

« Je me demande si Bub, le petit chat qui est mort, sera là ? »

Will, son menton dans la paume de sa main, regarde au loin.

« Oui, je pense que Bub sera là, et je pense, si on en croit la Bible, que Jésus sera là aussi. »

Il dit cela sur un ton sceptique.

« N'oublie pas les bébés qui sont morts dans ton ventre, maman. »

Il ajoute cela, les yeux grands ouverts, excité à cette pensée.

« Même si on les a jamais vus, ce sont nos frères et nos sœurs aussi. C'est cool ! Hannah va les connaître avant nous ! »

Il jette ses bras autour de moi.

« Merci, maman. Je me sens beaucoup mieux. »

Il reste un moment tranquille. J'attends.

« En fait, maman, je suis content que tu m'aies parlé. Tu sais, Hannah veut toujours dormir dans mon autre lit, et d'habitude je lui dis non. Maintenant, je lui dirai oui quand elle me le demandera. »

Un service à l'église pour la guérison d'Hannah

CLAUDE, WILL, HANNAH ET MOI REMONTONS L'ALLÉE CENTRALE, DERRIÈRE LAURE-JEANNE, JUSQU'AUX CHAISES RÉSERVÉES AU PREMIER RANG. Hannah porte sa nouvelle robe de Pâques, rose et rouge à fleurs, des collants blancs et sa paire de chaussures rouges vernies. Elle me tient la main, elle a du mal à contenir son excitation. Elle sait que cette cérémonie est pour elle. Will, beau et grave dans sa chemise fraîchement repassée, sa veste bleu, sa cravate et son pantalon impeccable, suit derrière avec Claude. Sa brosse a poussé et, bien que ses cheveux soient encore courts, il a passé beaucoup de temps tout à l'heure devant la glace de la salle de bains à faire sa raie, à mouiller ses cheveux et à les peigner.

Arrivés à nos places, je me retourne pour regarder la congrégation. Le sanctuaire est plein de gens que nous connaissons pour la plupart. La foule s'est tue quand nous sommes entrés. Leur silence est empreint de respect et de curiosité. Je leur sais gré d'être attentifs. Le cancer d'Hannah est maintenant au centre de mon monde. J'apprécie, du moins en cet instant, qu'il soit aussi, semble-t-il, au centre des préoccupations des autres.

La nouvelle de son cancer inopérable a secoué toute notre communauté. Tant de gens ont demandé à Laure-Jeanne ce qu'ils pouvaient faire pour aider, qu'elle a eu l'idée d'offrir une cérémonie pour la guérison d'Hannah, à l'église. Quand elle nous en a parlé pour la première fois, je n'étais pas sûre que ce soit une bonne idée. Bien que l'idée de rassembler des gens pour se soutenir les uns les autres me plaise, j'ai peur qu'en parlant de « guérison » on ne suscite des espoirs impossibles. Pour moi, « guérison » signifie que la maladie est guérie. Je ne veux pas qu'on ait un sentiment d'échec si jamais Hannah meurt.

Je me soucie également de Laure-Jeanne. Je crains qu'elle ne se soumette à trop de pression, et peut-être même qu'elle ne soit tentée de défier Dieu. Je me souviens de notre conversation dans l'unité de soins intensifs, quand elle s'est mise à douter de Lui et de sa capacité à assumer son ministère. Je hais la pensée qu'elle ou quelqu'un d'autre puisse utiliser Hannah comme un test pour leur foi.

Je crois aussi que, quoique nous fassions, la prière ne va pas sauver Hannah.

Pourtant, assise à l'avant de l'église, je sens un amour et une attention authentiques émaner de tous ceux qui sont là. J'aimerais ne pas me sentir hypocrite au milieu d'eux. Je regarde Claude, les poings serrés, les yeux fermés, des larmes coulant le long de ses joues. J'ai peur qu'il ne me reproche de tout gâcher, s'il sait ce que je pense. J'ai peur, d'ailleurs, qu'il n'ait raison. Pour la première fois de sa vie, Claude lit la Bible et prie tous les jours. Je sais qu'il laisserait Satan lui prendre son âme si cela devait sauver la vie d'Hannah. Ma foi me paraît creuse et faible, quand je la compare à la sienne.

L'organiste commence à jouer, et tout le monde se lève pour chanter. Hannah tire l'ourlet de ma jupe.

« Soulève-moi, maman, je veux voir qui est là. »

Je la soulève et l'installe sur ma hanche, essayant de tenir le livret de chants en équilibre sur mon ventre proéminent. Will me le prend des mains et le tient à ma hauteur, pour que je puisse voir. Je lui souris, reconnaissante.

« Oh, maman, regarde ! chuchote Hannah en montrant du doigt les gens, par-dessus mon épaule. Il y a l'infirmière Amy, le docteur Kamalaker, le docteur Edman et le docteur Markoff... et Mme Fisher, et Mme Forsythe, Jackie et Jeff et leur papa et maman... »

Elle fait des contorsions pour essayer de mieux voir. Laure-Jeanne commence son message, et j'ai du mal à l'entendre. Hannah continue de me chuchoter à l'oreille le nom des gens qu'elle reconnaît. Quand enfin Laure-Jeanne commence à réciter le Notre Père, Hannah s'arrête. Tournée vers la croix, elle joint les mains, incline la tête et, d'une voix forte et claire, récite la prière mot à mot. En l'entendant, je me sens fière et étrangement rassurée. Si Hannah meurt, ça comptera sûrement pour quelque chose qu'elle sache son Notre Père.

Le temps de chanter pour les enfants est arrivé. Hannah et Will rejoignent les autres sur les marches du chœur recouvertes de tapis. Ils entonnent vigoureusement le Jésus m'aime. Will se tient fier et protecteur derrière Hannah, les mains sur ses épaules. Je me sens fière de mes deux enfants, et reconnaissante de voir tant d'enfants à cette cérémonie. C'est une sorte d'hommage à la manière dont nous avons traité la maladie d'Hannah, sans la taire ni la cacher comme si c'était terrifiant ou honteux d'être malade.

Rick, l'un des membres les plus conservateurs de notre communauté, se lève et réclame un micro. Mon sourire se fige. Toutes les cellules de mon corps crient : « Attention ! attention ! » Rick commence à parler.

« Dieu est capable de faire un miracle, ici et maintenant ! »

C'est exactement ce que je redoutais. On nous prend en otage.

Je respire profondément pour contenir la panique qui monte en moi, et je me laisse aller à écouter les mots qu'il prononce.

« ... L'Amour, c'est la source de toute guérison. »

Je respire, et sens que ma résistance commence à fondre.

Il nous invite à monter jusqu'à l'autel. Hannah bondit de sa chaise. Elle adore être le centre de l'attention. Will suit juste derrière elle, Claude et moi suivons plus lentement. Laure-Jeanne impose alors ses mains sur la tête d'Hannah, qui a les yeux fermés. Offrant une prière pour la guérison d'Hannah, elle nous invite, Claude, Will et moi, à nous joindre à elle. Une fois que, tous les quatre, nous avons placé nos mains sur la tête d'Hannah, Rick invite ceux du second rang à venir. Ils forment un cercle autour de nous, plaçant leurs mains sur nos épaules. Puis peu à peu toute l'assemblée se lève et forme des cercles autour de nous.

Si la mort est inévitable, savoir que l'on est aimé ne l'est pas. Lorsque je vois le visage radieux d'Hannah, au centre de ce cercle, je réalise que l'on peut guérir, même sans traitement. Peu importe quand Hannah mourra, puisqu'elle saura que sa vie a compté, et qu'elle était totalement aimée. Je ne peux imaginer de guérison plus profonde que celle-là.

... Et la vache a sauté par-dessus la lune

QUELQUES JOURS PLUS TARD, ARRIVE UN PAQUET POUR « MADEMOISELLE HANNAH MARTELL ». Cela vient du Colorado. C'est curieux. Il me semble qu'on ne connaît personne dans le Colorado. Hannah enlève le papier d'emballage et ouvre son paquet.

« Oh ! regarde, maman, c'est la vache qui saute par-dessus la lune ! »

Elle brandit un joli couvre-lit pour enfant. C'est ravissant, une véritable œuvre d'art. D'un côté, le tissu est couleur crème avec des fleurs rose pâle et du lierre couleur de mousse. De l'autre, un patchwork très gai de tissu vert, orange, lavande et rose, entouré d'une bordure avec des vaches vertes, violettes et bleues, qui sautent par-dessus des croissants de lune et des étoiles blanches dans un ciel rose. Quelqu'un a consacré beaucoup de temps et d'énergie à faire cela. Je me demande qui c'est.

Dans le fond de la boîte, il y a une enveloppe marron qui contient une lettre manuscrite et une cassette. Je lis la lettre à toute vitesse et cours jusqu'au garage où Claude est en train de vidanger la voiture.

« Lis cela », lui dis-je, à bout de souffle, en lui tendant la lettre et l'enregistrement. Il fronce les sourcils, s'essuie les mains sur une serviette. Je l'observe tandis qu'il parcourt la lettre des yeux, comme je viens de le faire, puis il recommence, prenant son temps. Au beau milieu, il se met à pleurer.

La lettre vient d'une des cousines de Claude qu'il n'a pas vue depuis des années. Elle nous raconte que lorsqu'elle a appris qu'Hannah était malade, elle a décidé de lui fabriquer un couvre-lit. Les mois ont passé, elle était de plus en plus occupée, et son cœur de plus en plus lourd. Elle s'est mise à penser qu'elle n'arriverait jamais à terminer le couvre-lit avant la mort d'Hannah. Puis, dimanche dernier, écrit-elle, elle est allée à l'église. Après le service, une femme âgée qu'elle connaissait de vue mais sans savoir qui elle était, s'est approchée d'elle.

« Je sais que vous ne savez pas qui je suis, a-t-elle dit en lui tendant un paquet, mais pour une raison que je ne m'explique pas, je sais qu'il faut que je vous donne cela. Je fais des couvre-lits, et il y a quelque temps, quelque chose m'a poussée à faire celui-ci. C'est pour un jeune enfant, c'est tout ce que je sais. Pendant tout le temps où j'y ai travaillé, je me demandais qui c'était. Je ne sais toujours pas, mais la semaine dernière, à l'église, quelque chose m'a dit que vous saviez. »

La cousine de Claude s'est mise à pleurer. Elle a raconté à cette femme l'histoire d'Hannah, et le couvre-lit qu'elle voulait lui donner. Puis la femme aussi s'est mise à pleurer. Cette histoire était si extraordinaire que la cousine est retournée chez elle et en a enregistré tous les détails sur la cassette qu'elle vient de nous envoyer avec le couvre-lit : « au cas où les gens ne vous croiraient pas, quand vous leur raconterez l'histoire ».

La bande magnétique dans la main, je réalise que je n'ai pas besoin de preuve, ni pour moi ni pour les autres. Soudain je comprends la phrase que j'ai si souvent entendue à l'église : « La foi est d'espérer dans l'invisible sans avoir besoin de preuves. » La présence du couvre-lit au bout du lit d'Hannah est une preuve suffisante pour moi.

La fête des mères

HANNAH EST DEBOUT, PRÈS DE LA TABLE EN CHÊNE DE NOTRE ENTRÉE, UNE ASSIETTE DE COOKIES DANS LES MAINS. Hier, quelqu'un a laissé une boîte de ces biscuits, encore tout chauds car à peine sortis du four, sur le pas de la porte. Des cookies au sucre, parfaits pour le thé de la fête des mères organisé par la maternelle. Je tiens un caméscope, enregistrant ce moment sur une vidéo. La caméra, comme mon journal, ont été les témoins de la vie d'Hannah au cours de cette dernière année, avec une alternance de moments intenses et de calme plat. Le diagnostic, les rechutes suivantes, ont inspiré des quantités de photos et des pages de journal, suivies de longues périodes sans rien. J'étais alors comme endormie par la routine, avec le sentiment qu'il y aurait toujours encore du temps. Maintenant, je sais que ce n'est pas le cas.

Hannah pose l'assiette sur la table et s'essuie les mains sur le devant de sa robe.

« Comment tu me trouves, maman ?

— Tu est magnifique, ma chérie. »

Elle a les joues roses et l'œil brillant. Avec tout le temps qu'elle a passé dehors, le soleil de mai a déjà hâlé sa peau. Ces derniers jours, les gens qui ne nous connaissent pas font des compliments sur sa coupe de cheveux. Ils sont toujours très courts, mais ils ont poussé assez pour être coiffés à plat, comme chez Tinkerbell, dans le *Peter Pan* de Walt Disney. Elle porte une robe imprimée de petites violettes pourpres, à taille haute, avec un grand col en dentelle, et un bandeau assorti dans les cheveux. Elle sourit à la caméra, caresse le bandeau sur sa tête.

« Regarde mes cheveux et mon beau nœud, et ma robe. »

Elle lisse le devant de sa robe, et continue :

« Et mes collants et mes chaussures rouges », dit-elle en tendant la jambe vers la caméra, comme le ferait une danseuse. Elle laisse ses bras pendre le long de son corps pendant un moment et regarde fixement l'objectif. Puis elle reprend l'assiette de cookies.

« Allez, maman, il faut pas être en retard pour le thé. »

J'arrête la caméra, et me mets à genoux pour la ranger dans son étui. Hannah s'approche et m'entoure le cou de son bras.

« Tu es belle aussi, maman.

— Merci, ma chérie. »

Je la serre dans mes bras.

Plus tôt, ce matin, alors que je me demandais comment m'habiller, j'ai réalisé que ce serait peut-être l'une de mes dernières apparitions publiques en tant que mère d'Hannah. J'ai pensé à toutes les cérémonies auxquelles je n'assisterais jamais, à toutes les remises de diplômes au cours desquelles le nom d'Hannah ne serait jamais appelé. J'ai décidé alors de jouer le grand jeu. Hannah assise sur le bord de mon lit, j'ai enfilé ma plus belle robe de grossesse, en soie, couleur ivoire et pêche. Je me suis maquillée soigneusement, ai parfumé mes poignets, et mis un chapeau rose pâle avec un large bord qui ondule sur ma tête. Hannah en a eu le souffle coupé et m'a chuchoté :

« Maman, tu es parfaite. »

J'ai entendu Claude monter les marches de l'escalier deux par deux, déjà en retard pour son travail. Il a passé la tête à travers la porte.

« Je voulais juste embrasser mes femmes avant de partir. »

Comme il a remarqué nos parures, il a souri et laissé échapper un sifflement.

Hannah a poussé un hurlement de joie et a sauté à terre.

« Papa, avant de partir, regarde comme je suis grande aujourd'hui. »

Elle a dit cela, aussi droite que possible, le menton pointé vers le plafond. Claude a ri et s'est mis derrière elle. Il a posé sa main à plat sur le sommet du crâne d'Hannah et l'a ramenée vers lui, juste au-dessus de la boucle de sa ceinture.

« Bravo, ma chérie, s'est-il exclamé, alors qu'elle se retournait. Tu dépasses la boucle de ma ceinture aujourd'hui. »

Hannah s'est mise à rire et à danser devant lui. Cela leur semblait égal de répéter la même scène tous les jours depuis des semaines. On aurait presque dit qu'Hannah sentait à quel point Claude résistait farouchement à l'idée de sa mort. Quand ils étaient ensemble, c'était pour faire les fous et s'amuser.

Claude a soulevé Hannah, qui riait, dans ses bras.

« Je t'aime ma chérie, a-t-il dit d'une voix douce

— Je t'aime aussi, papa. »

En tenant Hannah par la main, tandis que nous nous dirigeons vers l'école, je me sens bénie d'être sa maman. Comment pourrais-je la laisser partir un jour ? En dépit de mon scepticisme avant la cérémonie pour sa guérison, certaine au fond de moi qu'Hannah va mourir, je ne peux m'empêcher d'espérer un miracle. L'espoir, je le réalise maintenant, est la substance irrépressible de la foi. Il jaillit naturellement en réponse à la peur et à l'incertitude, revient sans cesse, comme une chose vivante.

Le mieux de la fin

HANNAH GAMBADE EN ROND DANS LA CUISINE, PENDANT QUE JE PRÉPARE LE DÎNER. La fenêtre au-dessus de l'évier est ouverte, laissant entrer l'air. Nous sommes dans les premiers jours de juin. Le tintement du couvercle de la marmite où mijote la soupe, la vapeur odoriférante, tout cela est bon signe.

Je commence à penser que les médecins se sont trompés. Hannah n'a pas l'air malade. Elle n'a même pas eu un éternuement ces dernières semaines. Ses cheveux, si plats il y a un mois, ont poussé d'au moins deux centimètres, et ressemblent maintenant à quelque chose. Claude parle de « laine de mammouth » à leur propos, parce qu'ils se dressent sur toute la tête. Elle mange bien, prend du poids et grandit. L'ourlet de sa chemise de nuit se balance maintenant librement au-dessus de ses chevilles. Elle a même participé aux jeux olympiques des maternelles, il y a quelques jours, seule concurrente à courir avec des chaussures vernies rouges.

Quant à moi, pour la première fois depuis longtemps, j'ai retrouvé un semblant d'intimité dans ma vie. Même si je suis reconnaissante à chacun de son aide pendant la maladie d'Hannah, j'ai eu parfois le sentiment que ma vie tout entière était exposée dans une vitrine. Famille ou amis ont rangé ma maison, mis de l'ordre dans mes placards, et lavé mes sous-vêtements sales. Pendant la greffe d'Hannah, comme nous ne voulions pas la laisser seule, Claude et moi nous avons fait l'amour debout dans la petite salle de bains, contiguë à la chambre d'Hannah.

Un des moyens que j'avais trouvés de me préserver un peu était de garder pour moi l'étendue de ma douleur. C'était un de mes plaisirs les plus coupables que de dire aux gens que j'allais bien, même quand j'allais mal. Je savais que ce n'était pas vrai, mais cela m'empêchait de me sentir comme une gigantesque blessure qui ne cesse de saigner. C'était bien plus facile à dire, et les gens avaient l'air tellement soulagés. J'ai continué à le dire, mais maintenant je commence à y croire.

Je remue la soupe. Tout à coup, Hannah arrête de gambader. Elle est pliée en deux et tousse une, puis deux, puis trois fois, puis se relève et se racle la gorge. Je pose la cuillère de bois sur le bord de la cuisinière, le front crispé, inquiète. On entend une voiture klaxonner, un chien aboyer. Le tutu d'Hannah scintille dans la lumière du soir. Le poing serré devant sa bouche, elle se racle une fois de plus la gorge.

« Ça va, maman, dit-elle enfin, c'est juste une toux qui ne veut pas sortir ».

Ses chaussures rouges claquent sur le sol. Je me penche et la soulève. Elle semble solide et forte dans mes bras. Je respire sa douceur, l'odeur des bonbons à la cerise et du shampoing pour bébé, et je me perds dans son étreinte. La soupe ? Elle a débordé.

Promesse d'une grand-mère

LA CHAMBRE D'HANNAH. Ma mère et Hannah sont assises sur le sol. La boîte des Barbies est renversée, les poupées, les habits et les petites chaussures pastel répandus sur le tapis. Elles sont toutes les deux en train d'habiller les poupées pour une sortie au magasin Barbie qu'Hannah a installé dans un coin près de la porte.

Hannah porte encore son maillot de bain. Nous avons passé l'après-midi à la piscine, à regarder Will, grand-père et oncle Ben faire des plongeons et des plats dans l'eau.

Depuis qu'il a un an, Will passe la première semaine de juillet à la Fête des cerises dans le Michigan avec mes parents. Il a supplié d'y retourner cette année. J'étais certaine que ce serait bon pour lui. Claude et moi, nous faisons de notre mieux pour lui donner amour et attention, mais on ne peut nier le fait que nous sommes surtout focalisés sur Hannah. Sa santé semble se dégrader lentement mais sûrement. Chaque jour elle se fatigue plus vite et tousse plus souvent.

Quant à moi, je suis fatiguée, aussi. Mon corps est alourdi par le bébé qui peut naître d'un jour à l'autre. Alors qu'Hannah et moi sommes heureuses de dormir et de nous blottir, Will est remuant, et on le comprend.

Je ne savais pas quelle décision prendre. Je ne voulais pas que Will manque la naissance de notre bébé, et je voulais surtout qu'il soit avec nous au moment de la mort d'Hannah. Comme les médecins ne peuvent pas nous dire avec exactitude quand l'un ou l'autre événement arrivera, j'ai du me fier à mon intuition. Claude et moi, nous avons fait un acte de foi, et demandé aux grands-parents de chaque côté de nous aider. Mes parents et mon frère Ben ont accepté de venir chercher Will, pour l'emmener dans le Michigan, et les parents de Claude ont accepté de le ramener dix jours plus tard.

Hannah installe sa poupée sur le sol, en face d'elle, et regarde ma mère :

« Est-ce que tu peux me faire une promesse, grand-mère ?

— Bien sûr, Hannah, répond ma mère en se concentrant sur la Barbie à moitié vêtue qui est sur ses genoux.

— Non, grand-mère. Je veux que tu me *promettes* quelque chose », dit Hannah tranquillement.

Ma mère lève les yeux. Hannah la fixe d'un regard intense, grave.

« Oui, Hannah, tout ce que tu veux. »

Hannah reste silencieuse. Ma mère attend. Puis, enfin :

« Grand-mère, je veux que tu me promettes que tu ne m'oublieras jamais. »

Les yeux de ma mère sont pleins de larmes. Ceux

d'Hannah restent secs, posés sur sa grand-mère, en attente d'une réponse.

« Je te le promets, Hannah, je n'oublierai jamais », a t-elle dit enfin.

Le cercle de la vie

JE ME SUIS RÉVEILLÉE AVANT L'AUBE AVEC LES PREMIÈRES CONTRACTIONS. Je sais que le jour J est arrivé. J'appelle Katie, qui a offert de rester avec Hannah pendant que Claude et moi irons à l'hôpital. Appeler Will n'est pas nécessaire, puisque lui et ses grands-parents sont déjà sur la route du retour. Ils n'arriveront pas avant demain.

Les rues sont tranquilles. Le jour se lève. Claude charge la voiture et je note les instructions pour les médicaments d'Hannah. Il y a quatre jours, le docteur Kamalaker l'a mise sous Efferalgan codéiné, mais bien qu'elle en prenne toutes les quatre heures, elle peut à peine marcher, tant elle a mal. Hier, nous avons appelé Pat, l'infirmière d'Hannah à l'hôpital. Elle doit venir ce soir pour nous expliquer comment lui donner la morphine. Maintenant, je croise les doigts pour que le bébé naisse vite et que nous soyons de retour avant ce soir.

Hannah se réveille juste au moment où Katie arrive. Je l'embrasse tandis qu'elle grimpe sur les genoux de l'infirmière.

« Appelle-moi dès que le bébé est né. »

Après cinq heures de travail épuisant, Marguerite-Rose est arrivée, mouillée, poussant de petits cris plaintifs, dans notre monde. Elle est belle, pèse presque quatre kilos, beaucoup de cheveux, des jambes vigoureuses, des joues potelées et des lèvres en bouton de rose parfaites. Claude s'essuie les yeux avec le revers de sa manche, et ne peut s'arrêter de sourire. Tandis que je tiens ma plus petite fille, sa peau glissante contre la mienne, pendant un long moment, tout est si parfait que je ne veux rien de plus.

Pendant que les infirmières essuient et enveloppent Marguerite, Claude appelle Hannah.

« Félicitations, Hannah, tu es une grande sœur maintenant. Notre bébé s'appelle Marguerite-Rose.

— Chouette ! une fille comme Églantine. Dis à Marguerite que Katie et moi, nous arrivons.

— Non, Hannah, ce n'est pas la peine. Les docteurs ont dit que maman et Marguerite pouvaient rentrer à la maison aujourd'hui. Vous pouvez nous attendre là-bas. Nous serons là dès que possible. »

Une heure plus tard, debout dans la nursery de l'hôpital, alors qu'il observe les puéricultrices donner son bain à Marguerite et la peser, Claude entend qu'on frappe violemment à la fenêtre. Il lève les yeux et voit Hannah dans les bras de Katie, souriant et faisant des signes de la main. Elle porte un énorme badge sur lequel est marqué « Je suis une grande sœur ».

« J'ai tout fait pour l'en dissuader, mais elle a insisté, dit Katie, elle m'a raconté que puisque Will et elle avaient suivi le cours "Grand frère/Grande sœur", elle savait qu'une des choses les plus importantes pour une grande sœur, c'est de rendre visite au bébé à l'hôpital.

— Est-ce qu'elle a toujours mal ? demande Claude.

— Elle m'a dit : "Apporte les pilules au cas où", répond Katie. Oh, encore une chose, vous n'en parlez pas, aussi je ne sais pas si vous savez, mais Will et ses grands-parents ont appelé. Ils ont quitté le Michigan un jour plus tôt que prévu. Ils seront chez vous cet après-midi. »

Pendant que j'attends que les formalités de départ soient terminées, Claude part en avant pour accueillir Will et ses parents. Hannah a demandé à rester. Elle a pris ses antalgiques et s'est endormie sur le lit avec Marguerite et moi.

Avec mes filles dans les bras, je n'arrive pas à croire à la chance que j'ai. Je sais que les choses auraient pu se passer de bien d'autres façons, et je n'ai pas été seule face à mon inquiétude. Quand j'ai annoncé ma grossesse, j'ai vu le regard de quelques personnes devenir vitreux. Une façon de dire : « Vous êtes folle. À quoi pensiez vous ? »

Quand les médecins ont donné seulement trois mois à vivre à Hannah, j'ai tout de suite calculé que ce bébé viendrait au monde juste au moment où Hannah serait sur le point de mourir. Cela semblait une situation impossible. Pourtant, ce n'est pas avec notre pensée que Claude et moi avons décidé de mettre en route un enfant, mais avec notre cœur. Je pouvais seulement faire confiance : Dieu qui tient toutes choses dans ses mains veillerait sur nous, d'une façon ou d'une autre.

Maintenant, en écoutant la respiration de ma petite fille d'un côté, et celle de mon bébé de l'autre, je sais que seule une grâce surnaturelle a pu présider à cette journée : mes petites filles ensemble dans le même monde, et Will qui revient à la maison.

Métamorphose

ASSISE DANS UN FAUTEUIL À BASCULE DANS NOTRE CHAMBRE, JE DONNE LE SEIN À MARGUERITE, ÂGÉE D'UNE SEMAINE. Will, assis sur le sol, regarde par la fenêtre. À ses pieds, un livre d'images sur les dinosaures. Hannah est dans le lit, à moitié assise contre une pile d'oreillers, sous sa couverture rose. Elle a les yeux fermés, mais je ne crois pas qu'elle dort.

Il y a quelques jours, elle a déclaré : « J'ai trop mal, je veux dormir dans le lit qui sent comme toi et papa. »

Sa tumeur progresse rapidement. Elle est si importante qu'elle appuie contre ses côtes et sa colonne vertébrale. Bien qu'une pompe à morphine lui apporte vingt-quatre heures sur vingt-quatre une dose régulière d'antalgiques, elle ne peut plus marcher. Il faut la porter. Mis à part lorsqu'elle a besoin d'aller aux toilettes, elle semble contente de rester là où elle est.

Je me sens frustrée de ne pas pouvoir faire plus pour l'aider, et je cherche à m'informer sur la façon de nous préparer et de la préparer à sa mort. Pat m'a donné ce qu'elle pouvait, mais l'hospice dans lequel elle travaille s'occupe rarement d'enfants mourants. Aucun hospice dans notre région ne le fait. Cela me semble d'autant plus inconcevable qu'il y a des étagères remplies de livres, de vidéo, et même, à l'hôpital, des cours de préparation à la naissance. Où sont les experts, maintenant, qui pourraient m'aider à la préparer à sa mort ?

J'ai fait de mon mieux pour anticiper les besoins d'Hannah. Le vieux fauteuil à bascule en est la preuve. Il a toujours été l'endroit préféré d'Hannah pour se blottir ou pour lire. J'ai demandé à Claude de le monter dans notre chambre, imaginant que ce serait l'endroit idéal pour ses derniers jours. Je me suis trompée. « Ça fait trop mal », a-t-elle dit. L'image que je m'étais faite de nous, la berçant paisiblement jusqu'à sa mort, est simplement une chose de plus que je dois lâcher.

Will lève les yeux.

« Maman, ça prend combien de temps pour qu'un corps devienne un squelette ? »

Hannah a entendu la question. Ses yeux s'ouvrent d'un coup. La mort est l'un de ses sujets préférés, en ce moment.

« Ça, non alors ! » pensai-je. Je suis pour dire la vérité et affronter ses peurs, mais je ne suis pas prête pour *cette* conversation-là.

« Je n'en sais rien, Will. »

Je sens que je ne tiens pas à le savoir non plus.

Il fait la moue, fronce les sourcils, comme s'il réfléchissait aux étapes probables de la décomposition. Hannah a son idée là dessus.

« Tu sais – ses yeux brillent de malice –, on peut enterrer ton corps mais on peut pas enterrer ton esprit ! »

Elle sourit. Will la regarde et sourit aussi.

« Ça, c'est chouette, Hannah ! »

Puis se tournant vers moi :

« Qu'est-ce que tu en penses, maman ? Est-ce que nos esprits vont au ciel même si nos corps sont enterrés ? »

Je m'attends à cette question depuis un moment. Je me suis même demandé si je ne devais pas la provoquer. J'aime que les deux enfants l'aient fait d'eux-mêmes. Puis, tournant les mots sept fois dans ma bouche avant de parler :

« Eh bien, je crois que quand le corps est trop malade ou trop vieux pour vivre plus longtemps, il meurt, et alors l'âme est libre.

— Qu'est-ce qui arrive à l'âme après que le corps est mort, maman ? » C'est Will qui pose la question.

« Je ne sais pas vraiment. Certaines personnes croient que les âmes vont au ciel après la mort du corps. Je pense que j'y crois aussi.

— Moi aussi ! » dit Hannah.

Will veut en savoir plus :

« Je sais que la Bible dit ça, mais les autres ? »

Je lui réponds alors :

« Eh bien, j'ai lu des livres qui parlent d'une "expérience au seuil de la mort". Parfois, les gens meurent pendant quelques minutes, par exemple dans les opérations très graves ou les accidents de voiture, mais les médecins se débrouillent pour les ramener à la vie. Quand ça arrive, ces gens décrivent la mort comme un long tunnel avec une lumière brillante à l'autre bout qui les attire vers un endroit plein d'amour. Tout le monde ne croit pas que c'est comme ça que ça se passe. Je pense qu'on ne peut pas être sûr avant de passer nous-mêmes par là. Tu sais comment les papillons se développent à l'intérieur de leur cocon, jusqu'à ce qu'ils soient prêts à voler ? Ou bien comment le bernard-l'ermite vit dans sa coquille jusqu'à ce qu'elle soit trop petite ? Alors il la quitte pour aller dans une autre. J'aime penser que la mort, c'est quelque chose comme ça.

— Je serai un papillon. »

Sur cette déclaration, Hannah se rallonge contre ses oreillers et ferme les yeux.

Sur le seuil

HANNAH EST ASSOUPIE D'UN CÔTÉ DU LIT, SES LONGUES JAMBES À PEINE RECOUVERTES DE SA COUVERTURE ROSE. Elle porte seulement un slip en coton.

« Les habits me grattent trop », a-t-elle dit.

L'un de ses bras repose en travers du corps de Marguerite, qui dort près d'elle, bien empaquetée dans un pyjama rose. Le bourdonnement de la climatisation explique la fraîcheur de l'air, bien que le toit soit brûlant en cette fin juillet. Plus Hannah est malade, et plus elle veut que la chambre soit froide.

Je me balance au rythme du cliquetis de la pompe à morphine. La tumeur augmente, et ses besoins en morphine aussi. La drogue semble assoupir sa douleur, et je m'en félicite. Mais plus elle est efficace, plus il est facile de nier le fait qu'Hannah est assez malade pour mourir. Depuis quelques jours maintenant, je m'imagine qu'elle pourrait se réveiller, demander qu'on l'habille, et qu'on sorte tous dîner. Claude semble encore plus perdu dans ses fantasmes. Chaque fois que le docteur Kamalaker prescrit une augmentation des doses, il met en doute la nécessité de le faire, sous prétexte qu'elle pourrait devenir toxico-dépendante. Personne n'a le courage de lui dire que ce souci est déplacé pour quelqu'un qui va mourir.

Je continue de me balancer d'avant en arrière. Sur la commode, une pile de livres – *Vivre avec la mort et le mourir, Entrer dans la Lumière, Comment continuer à vivre après la mort d'un être cher* – semble aussi négligée que le morceau de fromage ratatiné qu'Hannah a réclamé puis refusé de manger. Même sa robe de Noël, qu'elle m'a demandé de pendre à la tringle du rideau, pour pouvoir la regarder, semble retenir son souffle.

Je ferme les yeux. Le manque de sommeil a rendu mes paupières lourdes et fiévreuses. Je sens qu'Hannah me regarde. J'ouvre lentement les yeux. Elle tend les bras vers moi.

« Maman, je veux que tu me portes dans ma chambre. »

Je revis. C'est la première fois depuis longtemps qu'elle demande à aller ailleurs qu'aux toilettes. C'est peut-être le moment attendu : Hannah revient à la vie. Doucement, délicatement, je passe les mains sous ses hanches osseuses et sous son dos, et la soulève. Je fais cela lentement pour laisser à son corps le temps de s'adapter. Je peux presque entendre ses organes grogner tandis que la tumeur se déplace à l'intérieur d'elle. Hannah entoure mon cou de ses bras maigres, tient ses jambes serrées autour de mes hanches. Elle se colle à moi avec une force qui me surprend. Sa tête repose sur mon épaule. Je la respire, je sens ses cheveux « laine de mammouth » contre ma joue. Son corps est anormalement chaud, étant donné la fraîcheur de la pièce. Elle brûle d'une fièvre qui refuse de tomber. Sa poitrine se soulève et s'abaisse contre la mienne. Je peux sentir le battement de nos deux cœurs, le mien lent et profond, le sien rapide et léger.

Tandis que je la soulève, j'essaie de l'imaginer assise sur le sol de sa chambre, entourée de ses poupées et de leurs vêtements. Cette image, je le sais, est aussi fragile qu'une peinture qui n'est pas encore sèche. Je la place mieux sur ma hanche, mais elle tressaille de douleur. L'image s'efface de mon esprit. J'essaie désespérément de ne pas trop la secouer, en descendant les escaliers. Quand nous arrivons à la porte de sa chambre, Hannah tend le bras et attrape le chambranle.

« Ne me pose pas par terre et n'entre pas, je veux juste regarder. »

Nous nous tenons toutes les deux sur le seuil, regardant la poussière danser dans le rayon de soleil du soir. Sur son lit, sont posés soigneusement, et bien tirés, un couvre-pied rose et son couvre-lit représentant « une vache sautant par-dessus la lune ». Poupées et animaux en peluche nous fixent placidement depuis leurs perchoirs sur l'étagère. Deux coquillages, rapportés d'une excursion avec la maternelle, sont penchés l'un contre l'autre, sur sa commode. La baguette magique qu'elle avait fabriquée pour la fête que l'on avait organisée pour son anniversaire, il y a presque un an, gît au beau milieu du plancher. J'aimerais la brandir dans ce silence pour que tout revienne à la vie.

Je sais qu'elle est en train de dire au revoir à tout cela, mais je ne suis pas prête. Cette pièce, avec sa douceur rose bonbon, ses poupées Barbie et ses chaussures vernies rouges, *c'est* Hannah. Si je devais dire au revoir à cela, que resterait-il d'elle ?

Elle lâche l'encadrement de la porte, entoure mon cou de ses bras, et enfouit son visage dans mon épaule.

« On peut retourner là-haut, maintenant. »

Je grimpe l'escalier aussi lentement que possible, savourant d'être si près d'elle. Et avant de la remettre dans son nid d'oreillers et de couvertures, je la berce en silence, comme en transe. Je ne veux pas la laisser partir. Je voudrais que ce moment dure pour toujours.

Je pense à sa chambre. Comment concevoir qu'elle ne la reverra peut-être plus jamais ? Je me demande si la chambre attendra toujours son retour, si elle restera toujours sa chambre, si elle pourra jamais oublier. Je me pose les mêmes questions : accepterai-je qu'elle ne revienne plus jamais, me sentirai-je toujours sa mère, oublierai-je un jour ?

Partout ou Je Suis, Tu Seras

JE SUIS ASSISE AU PIED DU LIT, SERRANT MARGUERITE DANS MES BRAS. Il est tôt. Claude est parti travailler. Will, assis sur le sol, mange ses céréales et regarde la télévision.

Hannah bouge et s'assoit lentement. Je me tourne pour la regarder. Sa peau est presque translucide. Elle n'a pas avalé plus d'une bouchée ou deux d'aliments solides depuis presque une semaine. Sa tumeur grossit, et elle devient de plus en plus maigre. Son côté gauche est monstrueusement gonflé. Sa peau tendue sur les côtes est d'un violet foncé. Comme si un tas de vaisseaux s'étaient accumulés en vain pour essayer de calmer la soif sanguine du cancer. Parfois, elle me demande de lui frotter le côté. Je déteste savoir qu'en passant tendrement les paumes froides de mes mains sur sa peau chaude et engourdie je caresse doucement sa tumeur. Hannah semble s'être prise d'amitié pour elle, la traitant avec délicatesse et déférence, déplaçant ses oreillers pour que la tumeur repose sur un coussin de douceur. Je n'en suis pas là. Je voudrais qu'elle s'en aille.

Hannah me regarde. Elle grimace de douleur, puis sourit. D'une voix tranquille :

« Maman, sais-tu que même si je vais au ciel, je reviendrai ? »

Je marque un temps avant de répondre. Je veux lui dire la vérité. Le problème c'est que je ne suis pas vraiment sûre de ce qu'est la vérité. J'ai lu que les enfants de moins de six ans en deuil imaginent la mort comme une courte absence, et s'attendent à ce que ceux qu'ils aiment reviennent un jour ou l'autre après les funérailles. Je me demande si c'est ce qu'Hannah pense, elle aussi.

Je respire un bon coup. Hannah sourit maintenant, la tête sur le côté. J'observe son visage. Elle a l'air légère, détachée. Elle attend ma réponse. J'ai l'impression qu'elle lit dans mes pensées, et que mon dilemme l'amuse. Je ferme les yeux un moment. Là, derrière mes paupières, je vois quelque chose que j'ai du mal à croire. C'est Hannah en train de danser dans l'obscurité pleine d'étoiles, radieuse, riant, et faisant des signes de la main. Je souris, les yeux toujours fermés.

À cet instant, je sais que, quoi qu'il arrive, une partie d'Hannah restera avec moi, quelque chose d'elle qui ne mourra jamais. Ce n'est pas une croyance. Ce n'est pas un espoir. C'est, bien au-delà des rouages de la pensée, l'expérience la plus sereine et la plus profonde de la foi que j'aie jamais connue.

J'ouvre les yeux et lâche le soupir que je retenais dans mon cœur.

« Oui, Hannah, je sais. »

Hannah s'enfonce dans ses oreillers, ferme les yeux et sourit.

Avoir la foi, ce n'est pas croire. C'est lâcher les croyances. La foi n'espère pas. Elle ne prie pas pour que les choses soient différentes dans l'avenir. La foi, c'est le cœur tranquille qui ne refuse rien, c'est consentir à faire confiance à ce qui est, tel que c'est.

La compassion

Du sentiment d'être à part au sentiment d'appartenance

... C'est de consentir
qui fait d'eux des anges...
tout ce qu'ils ont à faire
c'est de rayonner vers ceux
qu'ils laissent derrière eux,
l'éclat qui passe, cependant,
heurte leurs yeux.

Jane Hirshfield

La réalité telle qu'elle est

HANNAH PARLE DE MOINS EN MOINS : CHAQUE MOT PEUT MAINTENANT ÊTRE LE DERNIER.

« Maman, où est Will ? »

Sa voix n'est plus qu'un murmure.

Will, allongé sur le sol, en train de regarder un film, avec le son si bas qu'on dirait presque qu'il est coupé, roule sur le côté et s'assoit.

« Je suis là, Hannah », dit-il d'une voix douce, éteignant la télévision.

Hannah tourne la tête de côté, juste assez pour être face à lui. Ils se regardent tranquillement.

« Will, tu sais que je suis si malade que je pourrai plus jamais jouer ? »

Je n'ose parler ni respirer, que va-t-il répondre ?

« Oui, Hannah, je le sais. Ça te rend triste ? »

Hannah marque un temps, puis sans le quitter du regard, secouant la tête :

« Non. »

Ils se tournent tous les deux vers moi. Je sens qu'ils m'observent et qu'ils voient : les mèches de cheveux qui s'échappent de ma barrette, mon front plissé, mes paupières lourdes, et la pâleur de mon teint. Je ne me sens pas aussi fatiguée que j'en ai l'air. Je me sens intimidée, humble devant la simplicité avec laquelle ils sont entrés dans l'un des moments les plus intimes que deux personnes peuvent partager. Le temps d'un regard, ils m'ont montré tous les deux ce que signifient en fin de compte dire et vivre la vérité.

Une question de trop

JE SAIS QU'ELLE VOULAIT BIEN FAIRE. ELLE NE POUVAIT PAS SAVOIR.

Quand cette femme bien habillée, d'âge moyen, monte dans l'ascenseur du magasin avec nous ce dimanche après-midi, les choses ne paraissent pas ce qu'elles sont. Elle me sourit gentiment et jette un regard à Marguerite, dans mes bras.

Puis, elle fait un clin d'œil et se tourne vers Will, qui la regarde avec curiosité.

« Tu dois être le grand frère, dit-elle d'une voix forte. Ta mère en a de la chance d'avoir deux beaux enfants !

— J'ai une autre sœur à la maison, dit Will avec fierté. Elle s'appelle Hannah.

— Ooooh, dit la gentille dame, pourquoi est-ce qu'elle ne fait pas les courses avec vous ? »

Je sens la suite venir. Will n'hésite pas. Il dit d'un trait :

« Elle est à la maison avec papa. Elle est en train de mourir. » Et comme pour rendre la chose plus facile à entendre : « On est ici pour acheter une robe pour ma petite sœur Marguerite, pour l'enterrement d'Hannah. »

La femme se tourne vers moi. Elle a pâli sous son maquillage. Je me sens désolée pour elle et je lui souris aussi gentiment que je le peux. Mais elle n'est pas prête à lâcher prise. Elle arque les sourcils et affiche un sourire jovial. Puis d'une voix forte :

« Eh bien, je parie que vous êtes contente d'avoir eu des bébés. »

Impossible d'arrêter Will maintenant, qui lui répond avec autorité :

« Pour sûr ! Ma maman a eu quatre fausses couches, aussi ! »

Comme prise d'un malaise, la femme se retourne et appuie sur le bouton du deuxième étage. Quand les portes s'ouvrent, elle sort en bousculant un groupe de gens qui attendent pour entrer et disparaît dans le hall.

« Elle est gentille, cette dame, non, maman ? dit Will en me prenant la main.

— Oui, mais je me demande si ça n'a pas été dur pour elle d'entendre tout ça, mes fausses couches, Hannah mourante.

— Peut-être, mais c'est elle qui a demandé », répond Will en haussant les épaules.

Les toilettes et la culpabilité

IL FAUT QUE J'AILLE AUX TOILETTES, MAIS J'AI PEUR DE QUITTER HANNAH. Il est clair pour tout le monde qu'elle est en train de mourir, mais personne ne peut me dire quand.

Une veilleuse brûle encore dans le coin de la chambre. C'est celle que j'allume pour Pat, l'infirmière des soins palliatifs, qui est déjà venue et repartie. Toutes les nuits, elle vient vers deux heures du matin. Je suis toujours réveillée quand elle vient. Nous chuchotons doucement pour ne pas réveiller Claude ou les enfants. Nous dormons tous dans la même chambre maintenant : Will et Claude dans des sacs de couchage par terre, et Marguerite, Hannah et moi dans le lit.

Un peu plus tôt, j'ai posé à Pat la question que je lui pose tous les jours : « Combien de temps ? » Elle m'a donné la même réponse que les autres jours : « Ça peut arriver n'importe quand. »

Je me reproche maintenant de ne pas être allée aux toilettes à ce moment-là. On m'a parlé d'enfants qui s'attardent pendant des jours au seuil de la mort, puis choisissent de mourir au moment précis où on les laisse seul. Si je vais aux toilettes maintenant et qu'Hannah meure pendant que je suis partie, est-ce que je pourrais vivre en disant aux gens qu'au lieu de mourir paisiblement dans mes bras, Hannah est morte pendant que j'étais aux toilettes ? Je décide de me retenir encore un peu.

Je regarde Hannah respirer, comme si chaque respiration allait être la dernière. Je vois comme elle a l'air déjà morte, pendant les longues pauses respiratoires : toute mince, translucide, ne respirant plus. Je me redis que, si elle était morte, elle ne souffrirait plus. Je commence à penser que, si elle mourait, ce ne serait pas si mal ; je pourrais accepter qu'elle reste comme ça, translucide, sans respirer, sans souffrir.

J'ai de plus en plus envie d'aller aux toilettes, et je me sens coupable d'avoir imaginé la mort d'Hannah. Comment mon corps peut-il même penser à se soulager, alors que celui d'Hannah lutte pour respirer ? Je m'allonge près d'elle, priant pour que son souffle s'arrête, puis priant pour qu'il continue. J'ai l'impression que Dieu attend que je me décide, et je ne sais pas ce qui serait le mieux.

Maintenant, il faut vraiment que j'y aille. Chaque minute je me dis : « Si tu y étais allée deux minutes plus tôt, ce serait déjà fait, et elle serait toujours là. »

Ne pouvant plus me retenir, je cours à la salle de bains et m'assois sur les toilettes, incapable de contenir l'étendue de ma culpabilité et de mon soulagement.

Puis, je reviens près d'Hannah. Elle respire toujours. Je me sens inondée de gratitude, puis dans la foulée écrasée de douleur. Comment ai-je pu souhaiter que ce tourment se prolonge pour elle ? Je me mets à sangloter, submergée par le chagrin, la culpabilité, et la frustration. J'enfonce mon visage dans l'oreiller, ne voulant réveiller personne. Hannah gémit. Je sanglote plus fort. Jamais je ne me suis sentie plus terrifiée, plus seule.

Tout à coup, un sentiment de chaleur m'envahit. Je lève mon visage de l'oreiller, certaine que cette paix inattendue doit être le signe qu'Hannah est morte. Je me suis trompée. Elle respire encore. Je ferme les yeux. La chaleur demeure. Je sais alors que je ne suis pas seule. Je sais que, quoi qu'il arrive, cela ne dépend plus de moi. La seule chose que je peux faire est être avec Hannah : tout le reste est dans les mains de Dieu.

Tout est calme

JE SOULÈVE HANNAH DU SIÈGE DES TOILETTES, AVEC DOUCEUR, MES MAINS GRANDES OUVERTES SOUS SES HANCHES POUR QUE SON POIDS SOIT MIEUX RÉPARTI. Elle grimace de douleur.

« Je suis désolée, Hannah. »

Elle répond de la tête, mais ne dit rien.

Tout au long de sa maladie, et même pendant la greffe de moelle osseuse, Hannah a refusé de porter des couches.

« Les couches, c'est pour les bébés. »

Il y a quelques jours, Pat m'a suggéré qu'il était peut-être temps d'en mettre. Hannah n'a pas attendu ma réponse.

« Pas de couches !

— Et si on mettait une sonde ? » a demandé Pat.

Hannah s'est penchée vers Pat, et la regardant droit dans les yeux :

« Pas de couches et pas de tuyaux. *Jamais*. Promets-moi. »

Maintenant, alors que je me redresse, je peux sentir

le cœur d'Hannah battre la chamade contre le mien. Avant que j'aie le temps de faire passer ses longues jambes par la porte, Hannah se penche par-dessus mon épaule et se regarde dans la glace. Elle me demande de me rapprocher. J'obéis.

Elle ne s'est pas vue depuis des semaines. Nous regardons toutes les deux son reflet dans le miroir, sans rien dire. Elle a l'air surpris, mais pas apeuré, de ce qu'elle voit. Elle penche la tête de côté, légèrement perplexe, même amusée. Je ne peux la quitter du regard. C'est comme si, moi aussi, je la voyais pour la première fois. Ses cheveux blonds sont ternes et secs, dressés sur sa tête. Sa peau est pâle, presque bleue, le côté droit de son visage décharné, la peau tendue sur les os, le côté gauche effondré.

Tandis que nos yeux se rencontrent dans le miroir, elle a le même regard que le jour où elle a soufflé les bougies de son gâteau, il y a presque onze mois. Je sais alors qu'Hannah n'est pas seulement cette enfant frêle et malade que je tiens dans mes bras. Une partie d'elle vit au-delà de la souffrance, dans ce calme que je peux sentir mais que je ne vois pas.

Silence

LA MAISON EST CALME. J'ÉCRIS DANS MON JOURNAL ET REGARDE HANNAH RESPIRER. Bien que trois semaines seulement se soient écoulées depuis que Claude a installé Hannah à l'étage au-dessus, j'ai l'impression qu'elle n'en finit pas de mourir.

Un coup d'œil sur la pendule. Il est deux heures. Will joue chez un copain et Marguerite est endormie dans un coin du lit. Épuisée par toutes ces nuits sans sommeil, je ferme les yeux et me balance, la tête posée sur le dossier du fauteuil.

Tout à coup, Hannah se met à gémir. J'ouvre grands les yeux. Elle tend les bras vers moi. Je saute du fauteuil, vérifie la pompe à morphine et les tuyaux du cathéter, pour m'assurer que tout fonctionne.

« Tu as mal, bébé ? » Je lui caresse le sommet de la tête. « Tu veux que j'augmente la morphine ? »

Hannah fait oui de la tête en geignant et me cherche de la main. J'augmente le débit. Je commence à avoir peur. Hier, quand le docteur Kamalaker est venu, elle semblait stable, mais aujourd'hui quelque chose a terriblement changé. Je décide de la prendre dans mes bras, ne sachant que faire d'autre. Je la sors du lit et m'assois sur le bord du matelas, son corps sur mes genoux, un oreiller doux entre sa tête et mon bras, le reste de son corps sous sa couverture rose. Hannah cesse de geindre. Son souffle est bizarre, rapide, et superficiel, mais ses yeux sont ouverts et me regardent. J'attrape le téléphone et j'appelle Claude à son travail.

« Je crois qu'il faut que tu viennes tout de suite. »

Claude soupire. Il a l'air exaspéré. Ce n'est pas la première fois que je lui lance un tel appel. J'ai l'impression d'être un peu comme une femme enceinte, en proie à des contractions et qui accumule les fausses alertes.

« Ok ! dès que j'ai rangé mon bureau, j'arrive. »

Je donne deux autres coups de fil, l'un à Pat, l'autre à mon amie Kate. Cette dernière a été une véritable envoyée du ciel, pendant l'année qui vient de passer. Elle a pratiquement tout fait : elle m'a apporté des repas chauds faits maison, elle a gardé mes enfants, trouvé une femme de ménage, lavé et repassé notre linge, et tondu la pelouse. À peine ai-je raccroché, que je l'entends grimper les escaliers. Quand elle ouvre la porte et voit Hannah sur mes genoux, elle se met à pleurer.

« Ça y est ? chuchote-t-elle.

— Je ne sais pas », dis-je. Kate prend Marguerite dans ses bras.

« On va attendre en bas.

— Peux-tu faire une autre chose ? Will est chez Lili, il joue avec Philippe. S'il te plaît, appelle-la et demande-lui de ramener Will à la maison. Quand il sera là, envoie-le-moi tout de suite. »

Kate quitte la pièce, fermant la porte derrière elle. Hannah a les yeux ouverts, elle me regarde. Son souffle est plus pénible, plus irrégulier. Je me mets à pleurer, et puis, comme je me sens démunie, je me mets à prier et à chanter. Des chants auxquels je n'ai plus pensé depuis l'enfance, le Notre Père, et le Psaume 23 jaillissent du fond de moi.

La porte s'ouvre, et Pat entre. Nos yeux se rencontrent, mais nous ne disons rien. Elle s'agenouille sur le sol en face de moi et examine doucement Hannah, dont le corps tressaille maintenant par intermittence. Les yeux levés vers moi, je vois qu'ils sont pleins de larmes, et je comprends. Elle appelle le docteur Kamalaker, lui explique calmement ce qui se passe, écoute un moment, acquiesce de la tête, puis raccroche.

Quelqu'un frappe timidement à la porte. Will entre. Il regarde Hannah sur mes genoux, puis me regarde.

« Ça y est, maman ?

— Oui, Will »

Will se penche, caresse les cheveux d'Hannah et l'embrasse sur le sommet du crâne.

« Je t'aime, Hannah. »

Elle tourne les yeux vers lui. Tous les deux se regardent un moment, puis Will me dit :

« Maman, je veux attendre en bas, mais dès qu'Hannah sera morte, viens me chercher, d'accord ? »

Je fais oui de la tête. Il embrasse une fois de plus Hannah.

« Souviens-toi, Hannah, je t'aime. »

Puis il se retourne et quitte la chambre.

À trois heures moins dix, j'entends la voiture de Claude arriver, la portière claquer, le bruit lourd de son pas dans l'escalier. La porte s'ouvre brusquement.

« Qu'est-ce qui se passe ? » demande-t-il à Pat, qui est assise sur le sol avec la pompe à morphine.

— Hannah est en train de mourir, dis-je plus calmement que je ne l'aurais cru possible. Elle t'attend. Il faut lui dire qu'elle peut s'en aller. »

Claude tombe à genoux et laisse échapper un gémissement sourd. Son corps est secoué de sanglots. Il lève la tête, se penche sur elle et l'embrasse.

« Il est temps que tu partes, ma chérie. Ne t'inquiète pas pour nous. On t'aime. Ça va aller pour nous. »

Hannah continue de lutter pendant encore vingt minutes, mais une partie d'elle se sent déjà libre. Et puis, alors qu'elle est encore en vie et qu'elle respire, un moment après, elle ne l'est plus, elle ne respire plus. Je n'arrive pas à croire que cela puisse nous surprendre à ce point. Je regarde ses yeux. Je n'y vois plus que du bleu. La pièce se remplit d'un calme presque palpable qui nous enveloppe dans sa paix, une paix dense et blanche.

P.S.

Je me retourne au moment où Will entre dans la chambre. Il jette un coup d'œil au corps d'Hannah sur le lit, puis il lève son visage vers le plafond :

« Eh ! Hannah ! je sais que tu es là. Je suis content que tu n'aies plus mal. »

Il s'assoit sur le bord du lit près du corps d'Hannah.

« Je peux le toucher, maman ?

— Bien sûr ! »

Je l'observe tandis qu'il passe lentement ses doigts sur le bras d'Hannah, puis lui caresse les cheveux et les mains.

« Quand est-ce qu'elle commencera à se sentir morte ?

— Je ne sais pas, bientôt sans doute. »

Il se lève et regarde à nouveau vers le plafond.

« Hé ! Hannah, je vais aller prendre une pizza. Je reviens te voir dans un moment. On verra alors si tu es devenue plus morte. »

Amen

UN PETIT GROUPE DE GENS DE LA FAMILLE ET D'AMIS S'EST RÉUNI AUTOUR DE LA TOMBE D'HANNAH, LE MATIN DE SON ENTERREMENT. Le soleil brille, promesse d'une nouvelle journée de chaleur. Will et ses cousins se poussent du coude et rient sous cape, attendant que la cérémonie se termine. Ce sont les mêmes qui, la veille, ont entouré le cercueil ouvert d'Hannah, au funérarium. Encouragés par Will, certains d'entre eux ont caressé et touché le corps d'Hannah. Des adultes n'ont pas apprécié. Ces mêmes adultes, maintenant, essaient de faire taire les enfants qui font du bruit près de la tombe.

Claude et moi avons décidé d'enterrer Hannah plutôt que de l'incinérer. Je veux pouvoir venir sur sa tombe, savoir que les petites mains que j'ai tenues et la forme que j'ai aimée sont là, même si c'est sous terre. Claude, Will et moi, nous avons visité deux cimetières avant de porter notre choix sur le plus petit et le plus tranquille. Nous avons discuté de l'endroit. Claude aimait un coin niché dans un bouquet de pins. Nous avons finalement opté pour celui que Will préférait, situé entre une petite mare et un très joli belvédère : « Comme ça, mes enfants pourront jouer quelque part quand je viendrai rendre visite à Hannah », a-t-il expliqué.

Maintenant, Marguerite nichée contre ma poitrine, je jette un regard vers Laure-Jeanne, qui a la tête penchée, en prière. Elle a l'air très officielle dans sa chasuble blanche, et pourtant, à cause de l'humidité, ses cheveux sont aussi désordonnés et rebelles que d'habitude. Debout au bord du trou dans lequel on va enfouir le corps d'Hannah, j'essaie de faire bonne figure. Avant de venir au cimetière, Claude, Will, Marguerite et moi, nous sommes allés au funérarium pour la voir une dernière fois. J'ai décidé de l'enterrer dans sa robe de Noël avec une de ses paires de chaussures rouges, mais j'ai choisi de garder sa couverture rose, avec laquelle Will dort désormais. Je suis sûre qu'elle comprendra. Will a demandé de fermer le cercueil. Avant de baisser le couvercle, il a placé un de ses oreillers sous sa tête et il a posé une croix en perles dans sa main, disant :

« Au revoir, Hannah, tu vas nous manquer. »

Du coin de l'œil, je remarque que Wanda, la directrice du cimetière, s'est levée. Une des choses auxquelles Claude tenait par-dessus tout quand nous l'avons rencontrée et avons parlé de l'enterrement du corps d'Hannah est qu'il ne voulait pas de transfert de corps. Il voulait être sûr que, lorsque nous quitterions le cimetière, le corps d'Hannah resterait bien dans la tombe dans laquelle nous l'avions mise. Après un instant de réflexion, Wanda a suggéré qu'à défaut de l'enterrer nous-mêmes, le meilleur moyen de rassurer Claude serait que nous soyons témoins de la fermeture du caveau, après que le cercueil aurait été descendu. Claude et moi avons accepté.

Wanda nous a dit alors, j'en suis certaine, mais je ne l'ai pas tout à fait compris, que cette procédure impliquait l'intervention d'une pelle mécanique.

Laure-Jeanne ayant à peine prononcé le Amen, Wanda s'éclaircit la voix et fait un pas en avant.

« Claude et Maria ont demandé à assister à la fermeture du caveau. Nous avons besoin de place, aussi je vous demanderai de bien vouloir reculer de quelques mètres... »

Le reste de ses mots est englouti par les toussotements et les crachotements d'un moteur particulièrement bruyant. Loin derrière un bouquet d'arbres, un excavateur, armé d'un bras au bout duquel se balance un gigantesque couvercle en ciment, avance en vrombissant vers nous. Les enfants commencent à hurler et à courir en rond, les adultes se heurtent les uns contre les autres pour s'écarter du passage.

L'engin continue sa marche vers nous. Pendant que deux employés du cimetière descendent le cercueil d'Hannah dans la fosse en béton, les adultes, réfugiés à mi-colline, ne savent pas s'ils doivent regarder, l'air respectueusement intéressé, ou s'ils doivent détourner poliment leur regard. Quant aux enfants, ils se sont approchés aussi près que possible. Ils se frappent des mains, applaudissent et poussent des hourras, pendant que le mécanicien, d'un geste expert, laisse du premier coup descendre la pierre tombale au bon endroit.

Claude et moi échangeons un sourire, sous le regard de Laure-Jeanne. Hannah n'a jamais hésité à faire changer les règles. C'est vraiment bien que son enterrement ne fasse pas exception. Je suis sûre qu'elle aurait ri, elle aussi, devant l'épisode de la pelle mécanique.

Le vide

MARGUERITE ET MOI SOMMES ALLONGÉES L'UNE CONTRE L'AUTRE, SUR LE LIT. C'est l'été indien. Le soleil chauffe la vitre de la fenêtre et baigne mes genoux. Épuisée, je somnole en donnant le sein à Marguerite. Elle a terminé, je glisse mon doigt entre ses lèvres, pour dégager mon sein. Un filet de lait chaud coule le long de sa joue. Elle bouge et se blottit contre moi. Toute remplie de sa douceur, je me mets à pleurer. Je me sens submergée d'amour pour ce tout petit bébé arrivé sans effort dans nos vies et dans mon cœur. Je ressens une profonde tristesse à la pensée de n'avoir pas pu goûter toutes ces journées avec elle, tant je suis engloutie par mon chagrin.

Claude est au travail et Will à l'école. La maison ressemble à un musée et en a l'odeur. Ces derniers jours, je n'ai plus d'énergie pour rien. Je me sens fatiguée, infiniment fatiguée, et à peine capable de penser. Parfois, mes pensées se poursuivent les unes les autres, telle une meute de chiens, tournant en rond pendant des heures. À d'autres moments, j'ai l'impression qu'une journée entière passe sans que j'aie pensé à quoi que ce soit. Nous continuons, tous les quatre, à prendre nos repas et à dormir dans la même pièce, en haut, comme des prisonniers qui refusent de quitter leur cellule une fois qu'ils sont libres. La vie semble plus facile à gérer, et nous nous sentons plus proches d'Hannah là où son odeur imprègne encore les draps.

Les premières semaines après la mort d'Hannah, j'ai vécu avec le sentiment d'être anesthésiée mais efficace. J'ai répondu aux coups de fil, écrit des lettres de remerciement, et rempli les vases des bouquets qui arrivaient tous les jours. Au début, il y a eu un défilé permanent de visiteurs et de lettres. Progressivement, le flux s'est calmé. J'ai commencé à faire le ménage, du haut en bas de la maison. J'ai essuyé la poussière, lavé, passé l'aspirateur dans tous les coins, dans toutes les pièces sauf celle d'Hannah. Puis j'ai fait des listes de ce qui restait à faire et des gens qu'il restait à voir. Si j'avais écrit à l'encre invisible, cela serait revenu au même.

C'est comme si j'étais tombée dans une cuve de ciment à prise lente. Je me suis progressivement figée, et maintenant je me sens presque complètement paralysée par le chagrin.

Le rêve

JE SUIS EN TRAIN DE RÊVER, MAIS JE ME SENS ÉVEILLÉE. Tout autour de moi est plus sombre et plus profond que la nuit. Je n'ai pas d'yeux à ouvrir. Hannah est avec moi. Je peux sentir son poids sur mes genoux et la douceur de ses cheveux sur le sommet de sa tête où repose mon menton. Elle s'appuie contre moi, ou peut-être est-ce moi qui m'appuie contre elle. Je la tiens tranquillement dans mes bras, et je la respire.

Mes yeux s'ouvrent. Je peux à peine distinguer les contours des meubles de la pièce. Étais-je réveillée ou endormie ? Je ne sais plus. Je sens la présence d'Hannah s'attarder, comme si elle venait de quitter la pièce, pour un instant.

Je ferme les yeux, sachant qu'elle était bien là, impatiente qu'elle revienne.

Le choix

RIEN QU'EN ENTENDANT LE BRUIT DU MOTEUR, JE SAIS QUE LA VOITURE ARRIVE À TOUTE VITESSE. Je suis debout, dans le tournant. D'une façon détachée, j'imagine la scène : avant que le conducteur, qui ne se doute de rien, ait le temps de freiner, je me jetterai sous la voiture.

Trois mois après la mort d'Hannah, j'ai l'impression de perdre totalement le contrôle de ma vie. La douleur de la perte est insupportable. J'ai le sentiment d'être prise dans une spirale descendante qui m'entraîne vers la mort. Comme s'il n'y avait pas de répit à mon chagrin. Je pensais, après avoir disposé d'un an pour me préparer à la mort d'Hannah, que j'allais pouvoir prendre les choses en main. Cela ressemble à un échec, car, au lieu de me sentir mieux, je me sens de moins en moins bien.

Mon esprit rationnel essaie désespérément de me convaincre que j'ai mille raisons de vivre, peine perdue ! La douleur a le dessus. Je me sens détachée de mon corps et de tout le reste. Malgré deux enfants que j'aime, et le lien avec Claude, la vie me semble vide et absurde, maintenant qu'Hannah est morte. Cette impuissance que j'éprouvais en essayant de me préparer à sa mort, je la ressens maintenant dans mon deuil.

Une voiture blanche grimpe la côte et passe en rugissant. Je tourne la tête et ferme les yeux devant le tourbillon de poussière qui balaie mon visage. Mon corps se met à trembler. Je me recule et m'effondre dans l'herbe.

Je ne sais pas quoi faire. Toute ma vie, chaque fois que j'ai eu à affronter un problème, j'ai fait ce que j'ai pu pour maîtriser la situation. J'ai cherché dans les livres, j'ai fait des listes, j'ai soigneusement planifié ma réaction. Il s'agissait de faire face au chaos en mettant de l'ordre, en positivant les choses. Maintenant, c'est comme si la mort d'Hannah m'avait démantelée. Je n'ai plus les idées claires. Ma capacité d'attention est si réduite que je ne peux presque plus lire. À quoi bon vivre sans Hannah ? Tout projet, toute tentative de trouver un sens à cette vie me paraît obscène.

Je ne comprends pas pourquoi notre famille a été choisie pour vivre cette souffrance. La vue d'autres enfants de l'âge d'Hannah me serre le cœur. Je me sens trompée par la vie, et je déteste l'idée qu'ils vivent alors qu'elle est morte. Je sais bien que ce qui est arrivé à Hannah n'est la faute de personne, et j'ai terriblement honte de sentir les choses de cette façon.

Ainsi, couchée en boule dans l'herbe, je laisse couler mes larmes de frustration. Puis, je m'assois lentement, j'essuie mon visage avec la manche de mon pull, et je respire profondément, dans un grand frisson. L'air frais de l'automne se glisse dans mes poumons, remplit ma poitrine. Je suis surprise par sa morsure. Je retiens mon souffle un moment puis j'expire. Cela fait si longtemps que je ne me suis pas sentie dans mon corps. J'aime sentir comme c'est bon. J'oublie momentanément mes pensées et je me concentre sur mon souffle. J'inspire encore, cette fois-ci plus lentement. Je m'arrête, puis j'expire à travers mes dents. Encore une autre inspiration, cette fois-ci par la bouche, puis une expiration rapide par le nez. Je savoure le sentiment de plénitude dans ma poitrine, alors que je respire, ébahie de sentir la vie circuler en moi.

Je réalise alors que mon corps me dit que je ne veux pas vraiment mourir. En continuant de respirer, je me détends, consciente que je n'ai pas besoin de contrôler ma vie, de nier mes sentiments ou d'essayer d'aller mieux. Il faut seulement que je m'autorise à être la personne que je suis, là ou je suis, dans l'instant. La vie fera le reste.

La descente

LA NUIT EST FROIDE ET HUMIDE. Pourtant je veux absolument m'échapper de la maison. Nous sommes à une semaine de notre quatorzième anniversaire de mariage, mais cela ne nous a pas empêchés d'avoir une dispute cinglante. Claude voulait faire l'amour. J'ai refusé. Tout le non-dit et le ressentiment retenus depuis des semaines se sont déversés alors entre nous. Pendant des années, ce mode de fonctionnement – avance, rebuffade, ressentiment et frustration – a été une source de souffrance et de tension dans notre couple, mais ce qui se limitait avant à une série d'escarmouches est devenu une guerre à mort.

Je suis de plus en plus irritée par les attentes conjugales de Claude. Je sais aussi que nous y avons contribué ensemble. Dans les premières années de notre mariage, c'est d'abord moi qui ai cru qu'il me fallait être parfaite pour que notre couple marche. Je me suis consacrée au bonheur de Claude. J'ai fini par lui en vouloir d'être dépendant de moi, mais en même temps j'aimais cela. Plus je me sentais indispensable, plus j'avais l'impression d'être digne d'être aimée. Maintenant, après quatorze ans, Claude et moi avons fini par considérer qu'une « bonne épouse », cela signifie des paniers-déjeuners tout prêts, une maison propre et calme, des repas faits maison, des enfants bien élevés, et du sexe à la demande.

Après une vie passée à m'occuper de Claude et des autres, une ourse affamée est en train de se réveiller en moi ; une envie féroce de me réaliser personnellement est en train de parcourir à pas pesants les souterrains obscurs de mon âme, reniflant prudemment en direction de la lumière. Je me sens le plus souvent submergée par la tristesse, aussi les moments où je ne suffoque pas sont-ils particulièrement précieux. Je ne veux pas les gaspiller, je veux reconnaître honnêtement ce dont j'ai besoin, faire seulement ce qui m'importe vraiment.

Du point de vue de notre couple, ce changement de priorités ne peut pas venir à un pire moment. Nous nous cramponnons tous les deux aux débris laissés par la mort d'Hannah, dans une tentative désespérée de recoller les morceaux. Tous ceux que nous connaissons, y compris les médecins, les infirmières et les assistantes sociales, ont été impressionnés par la manière dont Claude et moi nous nous sommes épaulés pendant la maladie d'Hannah. Mais maintenant, il semble que le fossé qu'il y a toujours eu entre nous s'élargit.

Convaincue qu'il faut que je fasse quelque chose de ma vie, je suis néanmoins plus déterminée que jamais à tout faire pour que notre couple marche. Je ne pense pas que je puisse survivre sans Claude. Je sais que les statistiques sont contre nous ; j'ai lu que plus de soixante-dix pour cent des couples divorcent dans les cinq années qui suivent la mort de leur enfant. Je ne veux pas que nous fassions partie du lot. Malgré toutes nos difficultés, Claude est le père d'Hannah, la seule personne au monde qui puisse concevoir l'étendue de ma perte et partager la profondeur de mon chagrin. Je ferais n'importe quoi pour sauver notre couple, car être seule dans mon deuil est plus que je ne puis supporter.

La tête courbée sous la pluie battante, en cette nuit de décembre, j'arpente au hasard les rues de notre voisinage. À la vue des lumières chaleureuses que diffusent les fenêtres des autres gens, je me sens de plus en plus malheureuse et seule, comme si la vie qui avait abandonné Hannah se mettait à m'abandonner aussi, d'une autre manière.

Tout va trop vite. On dirait que la mort d'Hannah est déjà oubliée. Je n'arrive pas à suivre, cela me rend malade. Pourquoi le monde ne peut-il s'arrêter un moment, et pas seulement moi ? Bien que cela m'irrite que Claude ait pu trouver refuge dans son travail, que mes amies soient occupées par leur famille et leur vie, je n'ai aucune envie de revenir à la vie d'avant. Presque tout ce qui m'importait avant me semble bête et absurde maintenant.

Je n'ai pas la moindre idée de ce que je veux. Je sais seulement que ma solitude face à tout cela me terrifie.

La peur que je contenais jusqu'alors me submerge, m'engloutit. Je suis pliée en deux au milieu de la rue, laissant échapper une plainte sourde. Je me mets à courir vers la maison de Laure-Jeanne, à deux rues de là, dans l'autre direction, suppliant Dieu qu'elle soit chez elle. En traversant son jardin devant chez elle, je suis si engourdie que je mets le pied dans une flaque d'eau, sans même m'en apercevoir. Il y a une lumière allumée dans une chambre du haut. Je sonne, m'effondre sur le seuil et j'attends. Rien. Je sonne à nouveau, puis je me mets à tambouriner, poings serrés, sur le bois de la porte en essayant de l'enfoncer avec l'épaule.

Rien. Je tombe à genoux, le corps secoué de sanglots.

Je reviens chez moi, en me traînant, entre et grimpe les escaliers jusqu'à la chambre d'enfant où Marguerite est endormie. Je m'assois dans le noir, sur le fauteuil favori d'Hannah. Tandis que l'orage éclate dehors, je me berce sans penser à rien. Mon jean trempé tache le siège capitonné de vert.

Les yeux fixes, dans le vide, je cesse de résister à mon sentiment d'abandon. Je me sens comme enfouie dans un oreiller d'obscurité. Les yeux fermés, j'ai l'impression de descendre dans un endroit où l'on ne voit et n'entend plus rien. Je me remplis de silence. Puis, la bouche ouverte, je laisse sortir un cri silencieux. Comme si je libérais toute l'intensité de ma souffrance sans faire de bruit. Cela sort de moi jusqu'à ce qu'il n'y ait plus rien que ma présence, sans forme, suspendue dans cette capacité d'être seule que je sens vivante en moi.

Je me laisse porter, respirer par cette tranquillité. Je suis seule mais pas abandonnée. Je comprends qu'« être seul » et « être abandonné » sont deux choses différentes. Le sentiment d'abandon vient de ma croyance que quelque chose me manque, que j'ai besoin de quelqu'un ou de quelque chose pour être complète.

Mais cette solitude que je sens maintenant est l'expérience la plus complète que j'aie jamais pu faire de moi-même. Dans cette solitude, je sais que j'ai tout en moi, même si le manque existe.

Rêver d'une nouvelle vie

J'ENTENDS LA JEEP DE LAURE-JEANNE QUI S'ENGAGE DANS NOTRE ALLÉE : JE METS AUSSITÔT LA BOUILLOIRE SUR LE FEU ET SORS DEUX TASSES DU PLACARD. Je me suis habituée à ses fréquentes visites à l'improviste, et je les attends avec impatience. Aujourd'hui, je suis particulièrement contente de la voir. Dimanche dernier, elle a rappelé à toute l'assemblée qu'avec Pâques arrive la saison des miracles. Je veux savoir, puisque c'est le cas, quand je vais avoir le mien.

Il m'arrive de plus en plus souvent de humer l'odeur des melons sur le marché, de rire aux éclats à une plaisanterie, ou de me pencher pour essuyer une trace de frottement sur le bout de ma chaussure. Mais ces moments restent fugitifs et douloureux, comme si une allumette bon marché éclairait ma solitude juste le temps de me brûler le bout des doigts, avant que je ne souffle dessus. Ces temps-ci, je n'ai aucun désir de lâcher mon chagrin, convaincue que si je le faisais, il faudrait aussi que je lâche Hannah.

La porte d'entrée s'ouvre et se referme. Laure-Jeanne monte les marches deux à deux jusqu'à la salle de séjour.

« Vous êtes là, dit-elle en m'embrassant, où est ma fille ?

— Elle fait la sieste, surtout ne la réveille pas.

— Non, bien sûr. »

Elle monte sur la pointe des pieds jusqu'à la chambre de Marguerite.

En attendant qu'elle revienne, je verse l'eau chaude dans les tasses et jette dans chacune d'elles un sachet de thé. À son retour, nous nous asseyons côte à côte à la table de la cuisine. Laure-Jeanne prend une gorgée de thé et me sourit.

« Vous êtes enceinte, dit-elle. Je l'ai rêvé la nuit dernière. J'ai déjà eu des rêves annonçant des grossesses. Je ne me suis jamais trompée. »

J'hésite. Elle a l'air tellement sûre d'elle. Je ne voudrais pas la décevoir.

« Ce n'est pas possible. J'ai eu mes règles, il y a deux semaines. »

Laure-Jeanne s'arrête de sourire et m'observe.

« Vous en êtes certaine ? Je ne vous crois pas. Je ne me trompe jamais, dit-elle sur un ton de défi.

— Oui. Absolument. »

Il est vrai qu'en dépit de nos problèmes, et peut-être à cause d'eux, Claude et moi nous nous sommes retrouvés dans les bras l'un de l'autre et avons décidé que nous voulions un dernier bébé. C'était maintenant ou jamais. Nous avons arrêté la contraception le mois dernier. Mais je serais très surprise d'être enceinte aussi tôt.

Deux semaines plus tard, pourtant, le papier blanc du test de grossesse laisse apparaître en son milieu une mince ligne qui vire vers le bleu profond.

Peler l'oignon de son chagrin

JE JETTE UN COUP D'ŒIL DANS LA CHAMBRE DE WILL POUR VOIR S'IL S'EST ENDORMI.

« Maman ! »

Sa voix est étouffée par le couvre-pied qu'il a tiré jusqu'au menton.

« Comment vas-tu, mon grand ?

— Ça va ! Est-ce que tu peux venir un peu à côté de moi sur le lit ?

— Bien sûr ! »

Will pousse son Jeannot lapin bleu et la couverture rose d'Hannah pour me faire de la place. Il dort maintenant dans l'ancienne chambre d'Hannah. C'est lui qui a demandé ce changement. Je grimpe à côté de lui, et je remarque qu'il a déplacé une petite photo encadrée d'Hannah qui était sur ma commode pour la poser sur sa table de nuit.

Nous sommes tous les deux tranquillement allongés dans l'obscurité. Je me suis presque endormie quand je l'entends dire :

« Maman, comment pouvons-nous être sûrs qu'Hannah était vraiment morte ? Sa voix tremble. J'ai peur qu'elle se soit réveillée dans son cercueil et qu'elle ne puisse pas sortir. »

Il commence à pleurer. Je suis surprise qu'il pense à cela, car il a passé tant de temps auprès du corps d'Hannah après sa mort. Mais je sais aussi, pour l'avoir lu dans les livres sur le deuil des enfants, que la compréhension qu'un enfant a de la mort évolue quand il grandit.

« Oh ! mon grand ! dis-je en l'entourant de mes bras. Tu te souviens du policier qui est venu chez nous pour déclarer officiellement qu'Hannah était morte ? Tu te souviens comme son corps était froid et dur, trois jours après ? J'en suis certaine, elle était morte.

— Tu es sûre que c'était trois jours plus tard ?

— Oui, Will, j'en suis sûre. Hannah est morte le mercredi, et son corps a été enterré le samedi.

— Ah ! »

Will essuie ses larmes avec la manche de son pyjama.

« Il y a autre chose encore. Tu te souviens quand tu m'as dit qu'Hannah allait mourir, j'ai dit : "À partir de maintenant, chaque fois qu'elle me le demandera, je la laisserai dormir dans mon lit jumeau" ? Une fois, j'étais tellement furieux contre elle, parce qu'elle m'avait pris plusieurs de mes superhéros, et quand elle m'a demandé de dormir avec moi, je lui ai dit non. Je n'arrive pas à croire que j'ai pu être si mesquin. »

Maintenant, nous pleurons tous les deux. Voilà dix mois qu'Hannah est morte, et notre deuil ressemble à un oignon dont les couches deviennent de plus en plus épaisses et piquantes au fur et à mesure qu'on les pèle. Ces derniers jours, je ne peux m'empêcher de rejouer en pensée les derniers mois de la vie d'Hannah. Comment ai-je pu croire un instant que ce n'était pas grave de la laisser partir ? Je me sens coupable de tout. Je l'ai laissée seule pour aller aux toilettes, et par moments, frustrée et épuisée, je me suis emportée. Je sais que Claude aussi est plein de regrets. Il y a quelques semaines, je me suis réveillée au milieu de la nuit en l'entendant pleurer : notre lit était tout secoué par ses sanglots.

Je soulève le menton de Will jusqu'à ce que ses yeux soient dans les miens.

« Je suis contente que tu aies partagé cela avec moi. »

Je l'embrasse sur le bout du nez :

« Je me sens très triste ces jours-ci. Hannah me manque aussi, et je me reproche des choses que j'ai dites ou faites. Mais je sais aussi que j'ai fait de mon mieux, et je pense que toi aussi.

— Oui, maman, je sais ça. »

Will renifle et s'essuie le nez sur la couverture.

« Hannah m'a dit que les humains ne sont pas censés être parfaits.

— Elle t'a dit ça ? dis-je, surprise. Quand t'a-t-elle dit ça ?

— L'autre jour. Hannah et moi, on parle d'un tas de choses. Elle m'aide beaucoup et m'empêche d'être trop triste. Elle dit que le ciel, c'est vraiment cool, et elle n'a pas peur. Ils jouent au base-ball, là-bas, tu sais ? et Hannah est dans la petite équipe. Tu sais quoi, maman ?

— Non ?

— Hannah est tout excitée, parce que maintenant qu'elle est au ciel, elle va se faire pousser les cheveux, et elle n'a pas à attendre d'avoir seize ans pour se faire percer les oreilles. »

Ce qui est mort est mort

ASSISE AU MILIEU DE LA CHAMBRE, SUR LE SOL, JE TRIE UN PETIT TAS D'OBJETS. Ils sont tout ce qui reste de la vie d'Hannah. Je porte à mes narines la robe de Pâques, dans l'espoir que ses vêtements soient encore imprégnés de son odeur, malade à l'idée d'en douter. Je commence à comprendre qu'elle est vraiment partie.

Il y a un mois et demi, je me suis traînée dans un état second à travers le premier anniversaire de sa mort, sans vouloir y croire. Laure-Jeanne et cinquante autres personnes se sont rassemblées avec nous sur la pelouse devant l'église pour bénir un petit magnolia planté là en souvenir d'Hannah. C'était une belle idée mais une consolation inadéquate.

Je ne pouvais m'empêcher de penser que, puisque nous nous étions débrouillés pour survivre une année entière sans elle, Hannah serait autorisée à revenir. Comme ce n'était pas le cas, j'ai passé trois jours dans la plus profonde dépression. J'en ai émergé comme une araignée sauvée de la noyade et dont il faut démêler les pattes pour qu'elle puisse se mouvoir.

Deux semaines plus tard, au moment de l'anniversaire de ses cinq ans, j'en ai assez de ma dépression. Claude, Will et moi nous décidons de célébrer ce jour en faisant quelque chose qu'Hannah aimerait faire. Nous louons une voiture décapotée, une voiture rouge, puisque le gars du comptoir nous a dit qu'il n'en avait pas de rose. Tous les quatre, Claude et moi à l'avant, Will et Marguerite à l'arrière, nous passons la journée, en souvenir d'Hannah, à nous promener dans les environs, le vent dans les cheveux.

Maintenant, j'enveloppe la robe de Pâques, la chemise de nuit et sa première paire de chaussures rouges dans du papier, et je les range dans une boîte. Puis je place avec soin sa collection de sparadraps, ses coquillages et ses dessins de maternelle sur le dessus. Le couvercle posé, la boîte sur mon ventre arrondi, je la porte à l'étage au-dessus et la glisse sous notre lit.

Ce sont des choses trop personnelles pour que quelqu'un d'autre s'en serve.

Je range le reste de ses habits dans un recoin dans l'entrée, puis je déménage sa boîte de déguisement, sa maison de poupées, ses Barbies et son service à thé dans la chambre de Marguerite. Tout cela terminé, je m'allonge sur le sol et pleure jusqu'à ce que mon cœur soit sec.

C'est moi que tu regardes ?

DEBOUT DEVANT LE MIROIR DE MA SALLE DE BAINS, JE CONTEMPLE MON IMAGE. J'ai du mal à me reconnaître. Je ne me souviens pas d'avoir eu un visage si anguleux et si usé. Mes yeux se concentrent sur quelque chose que je ne peux pas voir. J'ai l'air fatigué, déterminé, sage. De qui s'agit-il ? Je me le demande. Quelle vie cette personne veut-elle vivre ?

Il y a un mois, fin novembre, Madeleine-Grace est née. En la tenant contre moi pour la première fois, j'ai senti que j'avais été au bout de ma maternité, et je savais que je n'aurais pas besoin de mettre d'autres bébés au monde. Un sentiment de gratitude doublé d'une peur profonde. La naissance de Madeleine m'a donné une raison de plus de vivre, mais elle signifie aussi que j'ai encore plus à perdre. Je ne veux pas être à nouveau déçue par la vie.

Je sais aussi qu'il faut que je me mette à vivre ma vie. L'ourse affamée de ma détermination, qui reniflait prudemment en direction de la lumière il y a quelques mois, est maintenant dressée sur ses pattes, impatiente.

Elle ne peut plus attendre que j'aille mieux, ou que je me sente plus forte ou moins triste. Pendant les seize derniers mois, depuis la mort d'Hannah, Will a appris à lire, Marguerite à marcher. Claude a récolté des fonds pour la recherche sur le cancer, et Madeleine a fait son entrée dans le monde. Je ne veux plus que la vie continue sans moi.

En me regardant dans les yeux, je vois une femme qui, tout en ayant été démantelée par la souffrance, a réussi à se reprendre en main. Je sens un profond respect et une profonde compassion pour elle, pour le vide qu'elle a connu, pour la force qu'elle a trouvée. Je sais maintenant, tout comme Hannah a su voir au-delà de sa détérioration physique, que je suis bien plus qu'une femme en deuil. Ma colère contre le monde s'est transformée en détermination à faire quelque chose d'utile et de réel dans ma vie.

Le chagrin qui autrefois menaçait de m'engloutir a trouvé place au fond de moi. Ma souffrance n'est pas quelque chose dont il faut que je me débarrasse. Elle fait partie de ce que j'ai à offrir, elle fait partie de moi.

Mondanités

DÉJEUNER DES « NOUVELLES VENUES ». Je suis assise silencieuse à une table couverte d'une nappe, entre Kim et Kate. Elles m'ont persuadée de venir cet après-midi, pensant que cela me ferait du bien. Depuis la mort d'Hannah, j'évite les réunions mondaines qui me feraient rencontrer des gens que je ne connais pas. J'ai peur de mes réactions. C'est comme si la mort d'Hannah m'avait privée du moindre sens de la politesse. Inévitablement, les inconnus me posent des questions maladroites ou douloureuses. Je ne sais jamais comment je vais réagir.

« Combien d'enfants avez-vous ? » est la plus difficile. Si je dis « trois », je me sens mal d'avoir exclu Hannah. Si je dis « quatre », la question suivante est toujours : « Quel âge ont-ils ? »

Une fois que les gens ont entendu l'histoire de la mort d'Hannah, presque tout peut arriver. C'est dans de tels moments que j'ai souvent envie de mordre. La question qui me met le plus en colère, et qui vient d'habitude des autres mères, est du genre : « Est-ce que tu lui donnais des hot dogs ? », induisant l'idée qu'en nourrissant ainsi Hannah j'ai contribué à son cancer. Je sens bien aussi la peur profonde qui est tapie derrière l'intérêt qu'elles me manifestent.

Moi aussi, autrefois, je croyais pouvoir protéger mes enfants de tout mal et maîtriser ce qui nous arrivait, à eux comme à moi. En ma qualité de mère de trois autres enfants, je continue en partie à croire que je le peux. J'ai passé des heures à éplucher tous les détails de la vie d'Hannah, pour essayer de comprendre pourquoi elle était tombée malade. Aujourd'hui encore, j'aimerais savoir s'il y a quelque chose que j'aurais pu ou dû faire. Je n'ai pas encore accepté le fait que je ne saurai sans doute jamais, et je n'aime pas qu'on remue sans cesse cette question en moi.

Maintenant, malgré l'impression de cacher mon vrai moi derrière une silhouette en carton, maquillée, habillée, je commence à penser que peut-être Kim et Kate ont eu raison de m'amener ici. Pendant l'apéritif, nous nous en sommes bien sorties toutes les trois. Kim et Kate à mes côtés, inquiètes, ont dévié les conversations vers des sujets bénins comme la difficulté de trouver un jardinier fiable. J'imagine qu'elles avaient décidé d'avance que les sujets superficiels étaient plus sûrs que ceux qui pourraient laisser venir des mots comme « cancer » ou « mort ».

Assises toutes les trois à une table, au milieu de sept autres femmes, toutes inconnues, il semble maintenant que le déjeuner aussi se passera sans problème. Une fois que tout le monde a commandé son menu, une conversation s'anime à propos des tracas pour obtenir un nouveau permis de conduire quand on déménage d'un État à l'autre.

Une femme raconte une histoire compliquée, trois

visites différentes au service des véhicules motorisés pour essayer d'obtenir une photographie décente. Je sirote tranquillement mon vin et j'observe les visages autour de notre table. Combien d'entre elles croient, comme je l'ai cru moi-même, que seuls les enfants des « autres » meurent ? Je ne vois pas trace de souffrance chez elles. Je me demande si elles diraient la même chose de moi. Malgré leurs ongles soignés et leurs coiffures parfaites, je sais que l'on ne doit pas se fier à l'apparence.

Une des femmes, avec des cheveux blonds frisés, celle qui vient de déménager du New Jersey dans l'Atlanta, se mêle à la conversation. Elle tire un portefeuille Gucci de son sac, fouille dans un tas de cartes de crédit avant de trouver ce qu'elle cherche.

« Regardez cette photo ! » dit-elle d'une voix forte. Elle tend son permis de conduire à sa voisine. « J'ai failli mourir quand j'ai vu ça ! Mon Dieu ! je ressemble à une malade sous chimiothérapie ! »

Kim et Kate sont pétrifiées. Je regarde la femme. Je veux lui dire que le plus beau visage que j'aie connu était celui d'une malade sous chimio. Mais je ne dis rien.

Je sais qu'il y a une période de ma vie pendant laquelle j'ai fait comme si la souffrance n'existait pas, la mienne ou celle des autres. Je pensais que les gens s'attiraient des souffrances. Je me sentais supérieure. Je pensais que la compassion consistait à s'apitoyer sur des vies qui n'étaient pas aussi parfaites que la mienne. Je sais maintenant que moi aussi j'ai toujours souffert. Mais je ne le savais pas, je ne pouvais pas le reconnaître.

Cette femme avec son histoire de permis de conduire n'est pas mon ennemie. Elle est une autre moi-même.

Le sentiment d'appartenance

QUELQUES-UNS DES PARENTS SONT DÉJÀ DEBOUT, TREMBLANT D'AVANCE. Je serre la main de Claude. Cela fait longtemps que j'attends cette soirée.

« Hannah-Catherine Martell » prononce une voix de femme dans le micro. Le nom d'Hannah remplit l'espace jusqu'aux poutres du plafond de l'église. Claude et moi sommes debout, fiers, des larmes coulant le long de nos joues, pendant que l'on allume une bougie de plus sur l'autel. On se retourne pour nous saluer, même au premier rang. Ces gens n'ont pas besoin de nous connaître personnellement pour savoir par quoi nous sommes passés. Ils sont passés par là eux aussi.

Voilà donc une cérémonie de remise de diplôme d'un genre différent, une cérémonie du souvenir pour parents en deuil, accueillis par une association, les Amis solidaires. Claude et moi avons commencé à assister à leurs réunions hebdomadaires. Pour la première fois depuis la mort d'Hannah, nous avons trouvé un endroit où nous ne nous sentons pas bizarres ou à part parce que nous avons perdu un enfant, un endroit où les gens n'ont pas peur de nos larmes et n'attendent pas que nous « passions à autre chose ». Ces rencontres toutes les semaines nous permettent aussi de nous donner du temps l'un à l'autre, tout en gardant vivant le souvenir d'Hannah. Dans la voiture, après les réunions, loin des enfants, nous parlons de nos sentiments. Presque comme si nous retrouvions nos rendez-vous d'amoureux.

L'année passée, je me suis mise à rencontrer des mères en deuil, dont les enfants sont morts de cancer. L'une des assistantes sociales de la clinique où Hannah a été traitée m'a suggéré que mon expérience pourrait aider les autres. J'étais d'accord pour essayer. Maintenant, nous sommes quinze femmes à nous réunir régulièrement chez l'une ou chez l'autre. C'est le seul groupe que je connaisse où les enfants jouent pendant que les mamans pleurent.

Je ne me sens plus du tout à part du fait d'avoir perdu un enfant. Alors qu'avant je croyais que la souffrance ne concernait que les autres, je sais maintenant qu'elle a toujours fait partie de moi. J'ai appris à avoir de la compassion pour moi-même et, comme je sais maintenant reconnaître la souffrance chez les autres, je peux avoir la même compassion pour eux.

L'appel des noms est terminé. Les amis et les proches, dont l'église est pleine, se mettent à applaudir, emplissant l'espace d'amour et de respect pour les parents toujours debout. Je ne me souviens pas de m'être jamais sentie plus profondément honorée. Alors que chacun se dirige vers la salle d'à côté pour se retrouver autour d'un café, quelques-uns d'entre nous formons un cercle pour parler de nos enfants.

Au beau milieu d'une histoire à propos d'Hannah, une des mamans m'interrompt.

« Mon Dieu, vous êtes la maman de la petite fille aux chaussures rouges ! »

Elle s'appelle Barbara, et sa fille Erin avait deux ans quand elle est morte. Elle a été soignée dans le même hôpital qu'Hannah, dans le service des soins intensifs pédiatriques où Hannah a séjourné après ses opérations.

« Les internes et les infirmières étaient formidables, dit Barbara. Ils ont soigné Erin comme si elle était une grande personne. Ils se présentaient toujours quand ils entraient dans la chambre. Et ils faisaient attention à des détails qui pourraient sembler triviaux, mais qui signifiaient beaucoup pour Erin, comme de la laisser choisir ses sparadraps. »

Claude et moi, nous échangeons un sourire, et nos mains se serrent.

Barbara continue.

« Les infirmières me disaient qu'Erin leur rappelait une autre petite fille. Elles y pensaient encore tout le temps, disaient-elles, parce qu'elle avait changé leur manière d'agir dans un tas de choses. Elles ne pouvaient pas me dire son nom pour des raisons de confidentialité, mais elles en parlaient toujours comme de "la petite fille aux chaussures rouges". »

Claude et moi nous nous mettons à pleurer, non pas de tristesse, mais parce que nous nous sentons profondément fiers et soulagés. Il semble que la vie d'Hannah a compté dans ce monde, dans le cœur et la vie des gens qu'elle aimait, mais aussi pour beaucoup d'autres qu'elle n'a jamais connus.

La compassion, ce n'est pas la pitié face à la souffrance. C'est savoir que toute souffrance nous appartient aussi. Quand nous reconnaissons ce lien entre nous et les autres, nous éprouvons un sentiment d'appartenance. Nous ne souffrons pas seul.

L'émerveillement

Du besoin de savoir au lâcher-prise

Commence à marcher...
Tes jambes deviendront lourdes
et fatiguées...
Puis viendra le moment,
Où tu te sentiras t'élever
Grâce aux ailes qui t'auront poussé.

Rumi

La soif

« EST-CE QUE TU TE DEMANDES PARFOIS : “À QUOI BON ?” » M’INTERROGE LAURE-JEANNE. Debout, le dos à la fenêtre du séjour, le soleil de l’après-midi entre à flots derrière elle. On pourrait la prendre pour un ange avec une auréole rouge mais elle est trop exaspérée pour être une sainte. Ce que j’ai fini par aimer par-dessus tout chez elle, c’est sa manière directe.

« Je me demande vraiment à quoi Il pense, Dieu ? Il doit y avoir un sens. Je ne peux pas croire qu’Il se donnerait tant de mal pour rien. »

Je suis entièrement d’accord. Ces derniers jours, je me sens plus forte et plus déterminée que jamais à faire quelque chose de moi et de ma vie. Je suis prête à m’attaquer aux deux questions qui me taraudent et refusent de me lâcher : Pourquoi Hannah est-elle morte ? Où est-elle maintenant ? Je me sens impatiente, comme si j’en savais trop et trop peu à la fois. Je suis sûre qu’il y a une raison à la mort d’Hannah, mais je ne sais pas laquelle. Je sens également qu’elle est quelque part, mais je ne sais pas où. Quoi que je fasse, j'en arrive toujours là. Je suis certaine que, si je pouvais répondre à ces deux questions, tout le reste trouverait finalement sa place dans ma vie.

« Je suis fatiguée de me poser sans cesse les mêmes questions, dis-je. Pourquoi ne pas faire quelque chose pour essayer de comprendre ? »

Une semaine plus tard, Laure-Jeanne et moi nous retrouvons à la maison avec quelques autres femmes, pour la première réunion de ce que nous baptisons finalement « notre groupe spirituel du vendredi matin ». Nous partons ensemble à la quête de réponses. Laure-Jeanne, qui explore depuis des années les autres traditions religieuses pour approfondir sa compréhension, nous sert d'animatrice informelle. Elle nous suggère de commencer par lire et discuter de livres qui traitent de sujets qui vont de l'interprétation des rêves et des phénomènes psychiques à la sagesse inhérente aux autres religions. Là où nous nous réunissions avant entre amis pour boire un café et faire des commérages, nous buvons maintenant notre café en parlant de réincarnation.

J'ai le sentiment d'être comme un minuscule oiseau qui donne des coups de bec contre sa coquille, juste avant d'éclore. Je me sens terriblement différente à l'intérieur, tandis que, de l'extérieur, ma vie ressemble à ce qu'elle avait toujours été avant la maladie d'Hannah. Après tout ce que j'ai traversé, je me sens frustrée d'avoir si peu à témoigner. J'ai hâte d'avoir une vie extérieure plus passionnée et spontanée, qui reflète la liberté et l'audace grandissantes que je sens à l'intérieur. Mais j'hésite aussi à changer trop de choses, trop tôt. Ce n'est que tout récemment que ma vie s'est stabilisée, et il y a quelque chose de confortable et de sûr dans les choses telles qu'elles ont toujours été.

Malgré mon hésitation à entrer pleinement dans une nouvelle vie, les livres que je lis et les conversations que j'ai ouvrent un chemin en moi. J'apprends à mettre des mots sur les expériences que j'ai vécues et qui me semblaient, jusqu'à maintenant, au-delà des mots. Cette partie de moi qui s'est toujours sentie marginale, différente des autres, me semble moins étrange maintenant. Et tandis que je me sens toujours profondément reliée à la foi chrétienne, je me sens libre d'expérimenter d'autres façons d'exprimer et de vivre ma dévotion. Je me suis mise à tenir un journal de mes rêves, à allumer des bougies et à faire brûler de l'encens, des choses que je faisais instinctivement quand j'étais adolescente mais que j'ai abandonnées il y a longtemps, comme s'il fallait que je « grandisse ».

Quand je partage mon enthousiasme avec Claude, il n'a pas l'air impressionné.

« Toi et tes amies, vous n'êtes qu'une bande de folles. »

Il ne plaisante qu'à moitié.

Je pense qu'il pourrait bien avoir en partie raison, mais je n'ai pas l'intention d'abandonner ma quête. Je suis comme un pèlerin du désert qui a perçu l'odeur d'une oasis dans le lointain. Rien ne peut plus m'arrêter.

Fragilité

LE BUREAU DE CLAUDE. LA RÉCEPTION DE NOËL TOUCHE À SA FIN. Tout le monde a apprécié les cookies, le punch et les danses dans la cafétéria. Chacun a fait la queue pour saluer le père Noël et son épouse. Il est tard. Bien des familles sont déjà rentrées. Le couloir est vide, tandis que nous nous dirigeons vers l'ascenseur. J'ai Maddy dans les bras, pendant que Will poursuit Marguerite autour de Claude et moi.

Depuis l'autre extrémité du couloir, une femme accompagnée d'une petite fille se dirige vers nous. Alors qu'elles s'approchent, Claude reconnaît l'une de ses collègues de travail. Nous nous arrêtons pour faire les présentations, puis nous entrons tous, y compris la femme et sa fille, dans l'ascenseur. Les portes se ferment, et la femme regarde autour d'elle :

« Il ne vous en manque pas une ? »

Claude nous regarde, Will, Marguerite, Madeleine, puis moi.

« Non, dit-il en se tournant vers la femme. Qu'est-ce que vous voulez dire ? »

— C’est curieux, réplique la femme, les sourcils froncés, je suis sûre que, lorsque je vous ai vu dans le couloir, vous aviez quatre enfants avec vous, pas trois. »

Claude et moi nous nous regardons. Nous pensons à la même chose. Je voudrais tant croire qu’Hannah nous a rendu visite, mais j’ai peur d’aller voir de plus près. Même une once de doute peut perturber un lien si fragile.

Tisseur de rêves

JE PRENDS L'ALLÉE ET JE ME GARE, LAISSANT LES FILLES ATTACHÉES SUR LE SIÈGE ARRIÈRE DE LA VOITURE, POUR QU'ELLES NE S'ÉGAILLENT PAS DEHORS. Je me mets à décharger les clayettes d'impatiences et de pensées qui sont dans le coffre. C'est le printemps. Ce sont les mêmes arbustes qui bourgeonnaient quand Hannah était en vie. Maintenant, tout comme Hannah, Marguerite et Madeleine aiment aller à l'étang, nourrir les canards, et faire des signes au magnolia géant. J'ai l'impression de monter les marches d'un escalier en spirale. La même vue revient, mais chaque fois ma perspective change.

Ayant déchargé les fleurs, j'essuie la terre que j'ai sur les mains, et remarque qu'on a accroché un grand sac en plastique à la poignée de la porte d'entrée. Sans doute des vêtements pour les filles, pensé-je. Je ramasse le sac et jette un coup d'œil à l'intérieur. Je me suis trompée. Il y a une lettre et un tissu en laine roulé. Je commence par lire la lettre.

Chère Madame Martell,

Cette couverture est pour vous. Elle vient de votre fille Hannah. Je vous prie de ne pas me prendre pour une folle. C'est la première fois qu'une telle chose m'arrive. Bien que nous ne nous soyons jamais rencontrées, vous et moi, j'ai entendu parler d'Hannah quand l'une de mes filles était en maternelle. Il y a quelques années, j'ai appris à tisser, et j'ai décidé de faire une couverture pour chacune de mes quatre filles. Lorsque j'ai commencé celle-ci, je pensais la faire pour l'une d'entre elles. Mais très vite j'ai compris que je me trompais. Chaque fois que j'y travaillais, je pensais à Hannah. Sans pouvoir me l'expliquer, je savais qu'Hannah voulait que je tisse cette couverture pour vous. Une façon de vous envoyer un message. Dans l'année durant laquelle nous avons travaillé toutes les deux sur cette couverture, Hannah a changé ma manière de voir la vie après la mort. Je n'ai plus peur. C'est une bénédiction. Hannah vous aime beaucoup. Merci d'être sa mère.

De tout cœur,

Johanne.

Je déroule la couverture, et ne peux réfréner mon émerveillement. Le fond est exactement de la couleur bleu-vert inhabituelle du tapis que nous avons à la maison. Au milieu, un ange blond aux pieds nus est suspendu dans un ciel étoilé. Dans sa main, elle tient une grande rose (Rose est le deuxième prénom qu'Hannah avait choisi pour Marguerite).

Debout dans l'allée, les larmes me viennent. Je sais dans mon cœur qu'il s'agit bien d'un message d'Hannah, et j'aime qu'il soit arrivé comme ça, au milieu d'une journée comme les autres.

Laisser faire

MARGUERITE VIENT D'AVOIR TROIS ANS, CET ÉTÉ. Elle et Madeleine sont comme des jumelles, toujours ensemble. Là où va Marguerite va Madeleine. Ces jours-ci, elles posent beaucoup de questions sur leur grande sœur Hannah. Je pense qu'il est temps de leur montrer la boîte où j'ai rangé les affaires auxquelles elle tenait particulièrement. À peine ai-je tiré la boîte de dessous notre lit que le téléphone sonne.

« Une seconde, les filles, je reviens tout de suite.

— D'accord, maman ! »

J'aurais dû m'en douter. Je me précipite en bas, décroche le téléphone. C'est la mère d'un des camarades de basket de Will qui me donne des instructions pour le match de ce soir. Je les note, puis lui parle de la pizza-partie de fin de saison que nous organisons pour l'équipe. Pendant que nous parlons, je perds la notion du temps. Tout à coup, je me souviens que les filles m'attendent. Je viens juste de dire au revoir, quand je les entends descendre l'escalier.

« Je suis belle, hein, maman ? dit Maddy.

— Et moi aussi, maman... »

Je raccroche le téléphone et me retourne.

Maddy porte la chemise de nuit à fleurs roses d'Hannah. Elle est si longue qu'elle a dû la rouler autour de sa taille pour l'empêcher de traîner. Elle tend un pied dans ma direction.

« Regarde, maman, elles me vont parfaitement. »

Cela ne fait aucun doute, les chaussures d'Hannah sont à ses pieds.

« J'ai aidé Maddy à fermer la bride », dit Marguerite fièrement.

Je me tourne vers Marguerite. J'étais tellement accaparée par la tenue de Maddy que je n'ai pas remarqué la sienne. De la tête aux pieds, pas un centimètre de peau visible qui ne soit couvert des sparadraps dont Hannah faisait collection ! Les deux filles sont debout et me sourient.

Je n'avais pas réalisé jusqu'à cette minute combien j'avais retenu mon souffle depuis la mort d'Hannah. J'avais peur de voir s'évanouir mes souvenirs d'elle si je n'en gardais pas la magie à travers ses objets. Maintenant que le sort est conjuré, je sais que ces sparadraps, la chemise de nuit et les chaussures rouges ont encore de beaux jours devant eux. Il faut que je laisse les souvenirs d'Hannah sortir de la boîte, et que j'en sorte moi aussi. En regardant le visage radieux des filles, je ne sais plus s'il faut éclater de rire ou éclater en sanglots.

« Vous êtes superbes », dis-je finalement, en m'agenouillant pour leur ouvrir les bras. Et comme elles y tombent toutes les deux en riant, j'ajoute : « Et Hannah serait du même avis ! »

Un don

JE NE PEUX DÉTACHER MON REGARD. Face au chef-d'œuvre de Monet exposé au Metropolitan Museum of Art de New York, je me rends compte qu'avec ses coups de pinceau audacieux il a capté l'instant où un vase de tournesols sur une nappe rouge carmin est tout ce que l'on peut désirer de Dieu.

Le lendemain, j'achète un assortiment de peintures acryliques, quelques pinceaux, une toile, et un livret « Comment peindre ». Je couvre la table de la salle à manger de papier journal, remplis un petit bol d'eau, pose quelques boutons de peinture sur une assiette en carton, et commence à mélanger les couleurs. Je prends mon temps, laissant chaque étape me guider.

Je me mets à dessiner avec un crayon gris clair sur la toile blanche, et vois apparaître un chalet rustique en bois dans une vallée aux collines ondulantes, entourée d'une montagne d'arbres. Peu à peu, un ruisseau jaillit, son eau blanche dévalant les rochers dans la courbe, puis ralentit en remous profonds et frais en contournant le chalet. Je construis un minuscule puits, avec son seau en bois, et j'ajoute un vieux chemin bordé de fleurs qui mène à la porte arrière du chalet.

Je pose timidement la première touche de peinture, puis je m'enhardis avec les suivantes. Les couleurs au bout du pinceau avalent le dessin, et je suis obligée de faire confiance, non pas à mon plan, mais à la vision qui l'a inspiré. Plus je suis patiente, plus j'apprends de ce qui se déroule. Par exemple, j'apprends qu'une feuille est une mosaïque de lumière et de vert, un toit en bardeaux de cèdre offre des brisures d'or au soleil du soir. Même les erreurs sont transformées sur la toile. Quand je mélange accidentellement trop de bleu au jaune, des ombres moussues que j'ignorais émergent autour des rochers dans le ruisseau.

Je peins, et je me sens totalement vivante, remplie de joie, hors de l'espace-temps. Je me souviens d'avoir observé Hannah lorsqu'elle mettait le couvert du thé. Je sais que j'ai finalement accepté son invitation à vivre pleinement ma vie. C'est la qualité de présence et l'attention que je porte à ce que je fais, et non pas l'activité elle-même, qui en fait ce qu'elle est.

Deux mois plus tard, je signe mon nom dans le coin droit du tableau et le pose contre la fenêtre au-dessus de l'évier de la cuisine. Je vois Claude à travers la fenêtre, qui pousse les filles sur leurs balançoires. Elles hurlent de joie tandis que leurs balançoires entrent et sortent d'un coin de soleil. Je me souviens de notre après-midi de peinture avec Hannah. Je peux presque voir les coulées de rouge, de bleu, de jaune et de vert me faire des clins d'œil sur la pelouse.

Gratitude

JE SUIS À QUELQUES DIZAINES DE MÈTRES D'UN FEU ROUGE. Il est tard et je n'ai pas envie de ralentir. Juste avant de lever le pied de l'accélérateur, le feu passe au vert.

« Merci ! » Je respire.

Ces derniers jours, fatiguée d'essayer de comprendre, j'ai cessé de prier en disant « s'il vous plaît, s'il vous plaît, s'il vous plaît ». À la place, je dis « merci, merci, merci ». J'ai commencé par évoquer toutes les bénédictions évidentes de ma vie, mes enfants, mes amis, ma santé, les efforts que nous faisons Claude et moi pour notre couple. Une fois lancée, je ne pouvais plus m'arrêter. Plus je contemple ma vie, plus je trouve de raisons de remercier. Je remercie tout, les arbres pour leur ombre, les pulls pour leur confort, les chiens pour leurs poils.

La gratitude a commencé à transformer la façon dont je vois et je vis ma vie. Grâce à elle, je vois que chaque moment contient une raison d'être reconnaissant, même quand il s'agit seulement du don de respirer. Je me souviens d'Hannah et de sa façon de moissonner la joie presque partout. Cette pratique de la présence à ce qui arrive va bien plus loin qu'un exercice de pensée positive ; c'est un retour à la profonde tranquillité qu'elle a partagée avec moi.

Au sein de cette quiétude, je commence à réaliser quelque chose d'encore plus étonnant. Il n'y a pas un seul moment qui existe par lui-même. Chaque instant est un mélange de tout ce qui s'est passé avant et de tout ce qui se passera après. Tous ces moments sont tissés ensemble selon une forme, une intelligence, qui semblent dire que je ne vis pas ma vie, mais que c'est ma vie qui me vit.

Méditation devant la mer

JE MARCHE AU BORD DE LA MER, SAVOURANT LE CRISSEMENT DU SABLE SOUS MES PIEDS. J'aime l'océan, et je me sens humble devant son immensité et son mouvement incessant.

Je suis remplie du sentiment, à la fois terrifiant et exaltant, que ma vie doit changer du tout au tout. Depuis la mort d'Hannah, j'ai réussi à m'extraire de la vision étriquée que j'avais de mon avenir. Maintenant, j'ai hâte d'avoir un but plus clair, de vivre une vie où j'existe davantage.

Bien que nous essayions toujours, Claude et moi, de sauver notre couple, notre amour, aussi réel et instable qu'un banc de sable mouvant, s'effrite sous nos pieds. Nous sommes tous les deux terriblement malheureux de la situation, mais nous sommes en désaccord sur ce qu'il faudrait faire pour la changer. J'ai toujours du mal à m'imaginer sans Claude. Le divorce semble être une option encore lointaine. Tout en ayant hâte de me défaire de ce qui ne marche plus dans ma vie, je suis terrifiée à l'idée de perdre ce qui compte encore.

Assise au bord d'une dune, je me blottis dans sa courbe. Les yeux fermés, j'écoute mon cœur battre si fort qu'il couvre le son des vagues s'écrasant sur la plage. Je respire le vent vif et me lèche les lèvres, goûtant le sel sur ma langue. Tranquillement allongée, je laisse l'immensité m'envelopper. Je me sens petite, infiniment petite, et pourtant pleinement embrassée, comme portée. J'ai l'impression que la vie m'emporte, comme sur une vague, loin de mes vieilles idées sur ce que je devrais être. J'ai hâte de m'abandonner à elle, mais j'ai d'abord besoin d'être certaine que, là où je vais, Hannah sera aussi.

Une mouette lance son cri rauque au-dessus de moi. J'ouvre les yeux et m'assieds.

La main en visière, je fixe la lumière du soleil qui décline. Une forme brune, tachetée, avec ses ailes blanches déployées, tourne et plonge vers moi. Pendant sa descente, les petits yeux ronds et marron de l'oiseau ne quittent pas les miens. Il atterrit sur le sable à quelques mètres devant moi. Nous nous observons tranquillement. À première vue, il ressemble à des milliers de mouettes mais, à force de le regarder, je remarque que son ventre est plus blanc que celui de la plupart des autres, et que les plumes de ses ailes ne sont piquées de brun qu'à leur extrémité. Sa patte droite est légèrement estropiée. Il me fait un clin d'œil et hérisse ses plumes. En le regardant, je réalise qu'il est aussi ordinaire et singulier que moi.

Je sais alors que le mystère qui tient la lune suspendue dans le ciel, fait tourner la terre, remplit la mer, et celui qui a donné la vie à Hannah, qui a crée cette mouette et moi, ne font qu'un. C'est la source de tout ce qui va et vient, change constamment et pourtant reste à jamais inchangé. Quoi que je fasse, où que soit

Hannah, nous faisons toutes les deux partie l'une de l'autre, pour toujours. Ce n'est pas juste un fantasme poétique destiné à me consoler. C'est la vérité.

Je peux ainsi renoncer à essayer de tout comprendre. Il n'y a pas qu'une seule bonne réponse aux questions que je me pose. Avec leur incertitude, leur plénitude, et leur mystère, ces questions demandent simplement à être vécues.

La moisson

MARGUERITE ET MADELEINE SONT ATTACHÉES DANS LEURS SIÈGES À L'ARRIÈRE DE LA VOITURE. Will est devant, à côté de moi. Je lève le pied de l'accélérateur, car la voiture devant nous ralentit pour tourner à gauche.

« Maman, regarde ! »

Maddie, tout excitée, gigotant dans son siège, me montre du doigt la maison favorite d'Hannah, la maison rose pâle avec ses encadrements de fenêtre rose foncé.

« C'est là qu'Hannah et moi on jouait, au ciel, avant que je sois née. »

Comment le sait-elle, je n'en ai pas la moindre idée, et n'ai d'ailleurs pas besoin de le savoir. Je reçois ce qu'elle dit simplement comme un cadeau de la vie d'Hannah, la preuve du mystère insondable qui anime toute chose.

En regardant en arrière, je réalise que pendant la dernière année de la vie d'Hannah et les trois ans et demi qui ont suivi sa mort, ma foi a patiemment mûri.

En cet instant unique, exquis, je la recueille tel un fruit mûr qui serait tombé du haut d'une branche élevée, plein et juteux, sur mes genoux.

La danse

AU MILIEU DE LA TABLE DU PETIT DÉJEUNER, UN GÂTEAU AU GLAÇAGE ROSE, AVEC UNE BOUQUET DE BOUGIES BLANCHES. C'est aujourd'hui l'anniversaire des huit ans d'Hannah, que nous célébrons comme nous l'avons toujours fait depuis l'épisode de la voiture décapotable rouge. Avant de partir pour le travail et pour l'école, Claude et Will ont gonflé trois sacs de ballons, qui pendent maintenant en bouquets de couleurs vives, le long des guirlandes qui se balancent d'un coin de la pièce à l'autre. Marguerite et Madeleine étaient contentes d'« aider » en déroulant des kilomètres de ruban en cellophane, mais dès que j'ai eu fini de charger le lave-vaisselle, elles se sont mises à sautiller d'impatience, me suppliant de me dépêcher. L'anniversaire d'Hannah n'est pas la seule chose qui compte aujourd'hui. C'est aussi la première fois que les filles vont au cours de danse.

Je sais ce que ce jour signifie depuis que j'ai rêvé d'avoir une fille. Ma fille, comme ses camarades du cours, porterait un justaucorps rose pâle et des collants de la même couleur. Elle y emmenerait ses chaussons de danse rose pâle, dans une valise en cuir noir verni. Ses cheveux seraient tirés en queue de cheval et attachés par un nœud de satin rose. Dans mon rêve, les autres mamans et moi, nous sourions fièrement, et elles me ressemblent. Nous portons des tailleurs-pantalons, des chemises en coton, des chaussures plates en cuir, des montres en or, des bracelets et des boucles d'oreilles. Nos cheveux sont retenus par des barrettes de bon goût. Nos plus jeunes enfants, les bébés dans leur poussette, sont propres, ont fait leur rot et dorment.

Oui, je sais à quoi doit ressembler le premier jour du cours de danse. Mais cette fois-ci, ce n'est vraiment pas ça. Le justaucorps de Madeleine est rose pâle, mais il est couvert de chocolat et de spaghettis du dîner d'hier soir. Elle ne l'a pas quitté depuis deux jours, trop excitée pour l'enlever même pour aller au lit. Ses collants roses et ses chaussons iront bien avec ceux des autres petites filles, mais ses cheveux s'échappent déjà d'un pompon fluorescent vert, rose et bleu. À la place d'une valise en cuir noir, elle emporte ses chaussons et ceux de Marguerite dans un sac en plastique jaune rempli de livres et de poupées Barbie, « au cas où ».

Quant à Marguerite, elle n'a pas voulu entendre parler de mon idée de porter un justaucorps rose. Elle a choisi à la place de porter un costume de danse de sa boîte de déguisement. Ses paillettes bleu électrique, son tutu multicolore et scintillant jurent à peine avec les collants rouges. Elle porte des chaussons argentés et brillants qui ressemblent à des chaussons de danse mais qui n'en sont pas, et une tiare en faux diamants digne de Cendrillon.

En nous regardant dans la glace de l'entrée, j'hésite.

Tant pis pour ce que porteront les autres mamans aujourd'hui, je sais que ma jupe longue, mes bottes en cuir noir et mon châle rouge vont paraître aussi déplacés que les paillettes de Marguerite. Où est passée cette autre femme, celle qui rêvait de ce premier cours de danse ?

Une voix intérieure se fait entendre alors : « Peut-être faudrait-il que tu te changes ? Ce serait plus convenable. Insiste au moins pour que les filles mettent autre chose. » J'éclate presque de rire. C'est une voix que je connais, celle de cette autre femme, celle qui s'est toujours préoccupée de ce que pensaient les autres. *Elle* a peur, mais pas *moi*.

Toujours devant la glace, contemplant l'image que nous formons, je sens que la boîte dans laquelle je vis depuis des années est en train de s'ouvrir de tous les côtés. Je sais qu'il y aura toujours une partie de moi qui aura peur de se blesser, de se tromper, et de ne pas être aimée. Pas besoin d'attendre que cette peur s'en aille. Comme ma souffrance, elle fait simplement partie de moi.

Je me tourne vers Marguerite et Madeleine :

« Vous êtes superbes, toutes les deux.

— Toi aussi, maman, répondent-elles en riant.

— Alors qu'est-ce qu'on attend ? Allons y ! »

Hannah m'a appris qu'il y a une mort plus pénible que celle qui emporte le corps : une âme étouffée par la peur laisse trop de joies non vécues. Tandis que je regarde Marguerite et Madeleine entrer au cours de danse, souriant, la tête haute, je sais que la magie des chaussures rouges d'Hannah a finalement bouclé la boucle. Je ne suis pas la seule à qui elle l'a transmise, elle l'a transmise à ses sœurs aussi.

Souvenirs

JE SUIS ENDORMIE, SUSPENDUE DANS UN SILENCE OÙ IL N'Y A RIEN, OÙ RIEN NE SE PASSE. Quelque chose rompt la surface calme. Je suis libérée, je flotte, et je monte vers la conscience. Je ne suis pas seule. Je dérive lentement, doucement, vers cet autre. Mes yeux sont clos. Je n'ai pas peur. J'entends son souffle. Elle attend patiemment, et je sais qu'elle est debout près du lit. Mes yeux sont toujours fermés. Je les laisse ainsi. Elle attend. Je les ouvre.

Elle est debout dans la lumière de l'aube. Elle sourit calmement comme si elle avait toujours su, et savait encore. C'est le printemps, elle est malade et on nous a déjà dit qu'elle allait mourir.

« Maman, j'ai eu un rêve. »

Je soulève les couvertures et sent la chaleur d'une bonne nuit de sommeil qui s'échappe. Elle grimpe dans le lit, se blottit contre moi et se tourne face à moi.

« Maman, j'ai eu un rêve, répète-t-elle, un rêve très très spécial. »

Nos visages se touchent presque. Elle s'arrête, les yeux brillants, comme si elle allait livrer un secret.

« J'ai rêvé que Dieu et ses anges venaient et me prenaient et m'emportaient dans son monde ! »

Elle bat des mains.

« Maman, c'est pas formidable ? » dit-elle, tout excitée.

Elle jette ses bras autour de mon cou. Je la serre contre moi, aussi fort que j'ose.

Épilogue

Sept ans après la mort d'Hannah, beaucoup de choses ont changé. Claude et moi avons fini par divorcer. Pour moi, notre séparation a été à la fois douloureuse et inévitable. Après des semaines passées à nous poser des questions et à nous dire ce que nous avions sur le cœur, nous nous sommes assis tous les deux à la table de la cuisine pour établir notre convention de divorce. Comme nous l'avions fait si souvent avant, nous nous sommes servis de la règle du docteur Markoff et nous avons pris les meilleures décisions possibles avec les informations que nous avions alors.

Pour le reste, je suis entrée dans la vie, celle qui était là depuis toujours. Elle est fondée sur la tranquillité qui m'est venue la dernière année avec Hannah, et qui continue de s'approfondir en moi. Ma vie, aujourd'hui que je suis remariée, est plus mature. Je vis joyeusement avec les questions sans réponses.

Will, Marguerite et Madeleine sont épanouis. En partie, je le crois, parce que Hannah accompagne leur vie. Will lui parle presque tous les soirs avant de s'endormir. Marguerite et Madeleine parlent fièrement et souvent de leur « grande sœur ».

Le magnolia d'Hannah, planté devant notre église, a fleuri dès la première année. C'est devenu un lieu de souvenir où reviennent ceux qui ont aimé Hannah. Des anges et des papillons, de même qu'un collier d'enfant en plastique sont encore suspendus aux branches les plus basses ; des bouquets de fleurs sont déposés les jours anniversaires de sa naissance et de sa mort.

Les chaussures rouges d'Hannah ne sont jamais retournées dans la boîte sous mon lit. Elles ont continué de danser et cliqueter aux pieds de Madeleine, jusqu'à ce que le bout en soit usé, les brides cassées et les talons presque partis. Leur image continue de vivre dans mon cœur, souvenir éternel de la vivacité d'Hannah.

Table

Apprendre à vivre

La dernière leçon
Mitch Albom

Vingt longues années ont passé depuis que l'élève et le professeur se sont vus pour la dernière fois, mais lorsque Mitch Albom apprend que Morrie Schwartz est atteint d'une grave affection dégénérative et qu'il a entrepris d'appréhender sa mort en une ultime leçon de philosophie, il décide de se rendre à son chevet. Chaque mardi soir, durant de longs mois, ils vont s'entretenir sur le sens que chacun doit être en mesure de donner à son existence et apporter une réponse lumineuse à cette question qui hante chacun de nous : comment vivre ?

(Pocket n ° 10918)

www.pocket.fr
Le site qui se lit comme un bon livre
Informer
Toute l'actualité de Pocket, les dernières parutions collection par collection, les auteurs, des articles, des interviews, des exclusivités.
Découvrir
Des 1ers chapitres et extraits à lire.
Choisissez vos livres selon vos envies :
thriller, policier, roman, terroir, science-fiction...
POCKET
Il y a toujours un Pocket à découvrir sur www.pocket.fr

Achevé d'imprimer sur les presses de

BUSSIÈRE

GROUPE CPI

à Saint-Amand-Montrond (Cher)
en février 2006

POCKET - 12, avenue d'Italie - 75627 Paris Cedex 13
Tél. : 01-44-16-05-00

— N° d'imp. : 60242. —
Dépôt légal : mars 2006.

Imprimé en France